Je suis Jeanne Hébuterne

DU MÊME AUTEUR

Les Graffitis de Chambord, *Grasset, 2008*
Les Oiseaux noirs de Massada, *Grasset, 2011*
Un convoi pour Juan-Les-Pins, *Moteur, 2011*
Nous étions une histoire, *Stock, 2014*
Sur le divan *(collectif)*, *Stilus, 2017*

Olivia Elkaim

Je suis Jeanne Hébuterne

roman

Stock

Couverture Judith Meyerson
Portrait de l'auteur : © Julien Falsimagne

ISBN 978-2-234-07970-0

Décembre 1916

Hier soir je suis tombée amoureuse d'Amedeo Modigliani.

Je descendais l'escalier étroit de l'académie Colarossi. Un vent glacé soufflait par les vasistas ouverts.

J'étais pressée de rentrer. Maman déposerait le faitout en fonte au milieu de la table. Papa réciterait le bénédicité avant qu'elle nous serve. Nous mangerions dans un silence rythmé par nos mastications. Puis, je m'allongerais sous le plaid en mohair et contemplerais la buée lentement recouvrir les vitres du salon.

Soirée calme.

Je l'ai croisé dans la pénombre.

Je portais mon carton à dessin dans une main, mon manteau et mon châle en laine dans l'autre et, sous le bras, la mallette en bois verni dans laquelle je dispose mes tubes de gouache.

Ce que je peux être pataude.

Depuis toujours, mon corps m'embarrasse. Je ne sais pas où ranger mes bras ; je dodeline de la tête en m'évertuant à ne laisser paraître aucune émotion ; et puis, la position des hanches, mes genoux cagneux, la grosseur de mon ventre… Aucune grâce ! Je me maintiens un peu en dedans, les épaules rentrées, espérant qu'on ne repère pas mes défauts, souhaitant parfois même m'effacer.

On me dit blonde. On me dit brune. Personne ne me voit jamais telle que je suis.

Hier soir, j'étais tellement chargée que je ne pouvais pas m'agripper à la rambarde.

Je me disais, Jeannette, pose un pied devant l'autre, comme si je m'essayais à la marche pour la première fois. Un vrai bébé ! Allez, un pied devant l'autre, tiens l'équilibre. Il m'aurait fallu une main amie pour me guider, maman, mon frère André.

De l'obscurité, une masse a surgi.

– Tu parles toute seule ?

Les élèves se bousculaient autour de nous, et le bois sec des marches craquait sous leur passage.

Une cohorte de jeunes filles attendaient là, adossées à la rampe en cuivre. Certaines ouvraient discrètement leur manteau, soumettaient leur corps nu aux mains calleuses des artistes. *Mes seins pour trois sous, un plat chaud.*

Mais nous étions comme seuls, face à face.

J'ai d'abord remarqué l'écharpe rouge à grosses mailles de laine. Puis le pantalon, le gilet et la veste de velours marron, élégants mais maculés d'éclats de peinture jaunâtre. Enfin les mains larges, les doigts sales, les ongles sous lesquels se logeaient des croûtes terreuses.

Des sourcils fournis, un regard noir et impérieux.

J'ai baissé les yeux en croisant les siens.

– Regarde-moi !

Ce tutoiement.

– Regarde-moi, *principessa.*

Il ne manque pas d'air, ce type, me suis-je dit avec le même ton pincé qu'André utilise quand il est contrarié, et mon pied droit a raté une marche.

Je suis tombée dans un bruit sourd.

Mon corps était chiffonné par terre, les tubes de gouache évadés de leur mallette, mon carton à dessin ouvert, le contenu éparpillé. Mes crayonnés au fusain, mes aquarelles, tout était là, dispersé, même les petites œuvres de mon *brother*, celles qu'il m'a confiées avant de partir au front.

– Je suis Amedeo Modigliani, a-t-il dit en se baissant à mes côtés.

Une onde chaude m'a parcourue, une honte huileuse que cet homme voie mes dessins et les raille avec ses amis artistes et les professeurs de l'académie. Je les entendais déjà graillonner, « Les filles qui font de la peinture, c'est pire que les peintres du dimanche. Elles ne domptent pas leurs nerfs, comment pourraient-elles maîtriser un pinceau ? » D'ailleurs, il a éclaté de rire. Son corps se déployait près de moi. Ses cheveux exhalaient une odeur de tabac et d'essence de térébenthine.

– Je te ramasse ça et on se retrouve demain, ici, à la même heure. Ne prends pas froid.

Amedeo Modigliani m'a aidée à me relever, à rassembler mon matériel et à enfiler mon manteau. Puis, *manu militari*, il a enroulé son écharpe autour de mon cou. Mes nattes se sont mêlées à la laine et, soudain, son parfum suave se mélangeait au parfum ambré sur ma peau.

J'étais anéantie.

*

Il a bien fallu rentrer.

Longer les terrains vagues de la rue Notre-Dame-des-Champs, à peine éclairée par les flammes bleuâtres des réverbères.

Avancer malgré les ombres, la peur qu'un détraqué ne m'égorge et ne dissimule mon cadavre derrière une palissade.

Saluer la statue du maréchal Ney devant La Closerie des Lilas.

– Bonjour bonjour, prince de la Moskova. Une balle s'est logée dans mon cœur il y a dix minutes. Maintenant, mes côtes se fissurent dans une chaleur volcanique. Ça castagne, ça reflue dans ma gorge.

Je ne sais plus comment je m'appelle.

Je ne sais plus qui je suis.

J'aime converser avec les statues, les bronzes monumentaux de Rodin comme les reines sans lustre du jardin du Luxembourg. Leurs organes sont chauds, vivants sous l'airain ou le plâtre. Les mots affleurent à leurs lèvres closes.

– Je suis tombée folle d'Amedeo Modigliani, et je détache les syllabes de son prénom et de son nom, A-me-de-o-mo-di-gli-a-ni.

– Un coup de foudre, a tonné le maréchal Ney depuis son piédestal. Va, fillette, continue ton chemin, et vis.

De son sabre dégainé, il m'a indiqué le Val-de-Grâce, la rue Gay-Lussac, la rue d'Ulm.

Le froid ralentissait mon pas et gelait mes pensées.

Les coups de foudre, ça n'existe que dans les romans.

Les coups de foudre, ça n'existe pas.
J'ai fini par arriver rue Amyot.

Te voilà dans de beaux draps, ma Jeannette.
La voix rocailleuse de mon frère André, dans un ressac, recouvrait la mienne.

Avant de pousser la porte de notre appartement, j'ai dissimulé l'écharpe dans la manche de mon manteau. Bouche close, regard impassible, j'ai pris un air de rien.

Les parents avaient commencé à dîner. Je me suis assise. J'ai déplié la serviette sur mes genoux. Ils m'observaient en silence. J'ai roulé mes nattes sous mes oreilles, il fallait bien occuper mes mains.

– Tu es en retard, Jeannette. On n'aime pas que tu traînes seule dans les rues.

Maman allait ajouter, Tu es une jeune fille, une toute jeune fille, entre ses dents crispées. Je me suis concentrée sur les mastications de papa et le tic-tac de la pendule en loupe d'orme, posée sur la cheminée.

– Tu n'as que dix-huit ans.

La petite aiguille, sur le cadran, rattrapait la grande.

Il allait sonner dix-neuf heures.

Rien pu avaler.

On dîne tôt car papa ouvre à l'aube.

Il fait encore nuit quand une loupiote vient éclairer la devanture de la mercerie-bonneterie, où son nom, « Achille Hébuterne », s'affiche en lettres penchées.

Après le repas, il fixe du sparadrap anti-bombardement sur les vitres. Il le retire chaque matin. Précaution inutile car, à Paris, nous sommes préservés de cette guerre.

Puis il feuillette des livres à couverture cartonnée. Murmures bibliques, textes de l'abbé de Lamennais.

Quel ennui, quel ennui !

Avec maman, on tricote en silence.

Je confectionne mes propres vêtements – des robes à col carré, des manteaux évasés, de longs gilets qui permettent de dissimuler les formes de mon corps. Il y a quelques jours, j'ai fabriqué un poncho qui me donne l'apparence d'une squaw.

Je ne me trouve pas jolie-jolie, alors je me donne un style.

Hier soir, j'ai prétexté la fatigue pour me retirer dans la chambre. Je me suis couchée, tête posée sur l'écharpe d'Amedeo Modigliani.

J'ai fermé les yeux pour revivre la scène, et tout m'est revenu avec l'exactitude d'une amoureuse.

C'était délicieux.

C'était réel.

J'ai enfoncé mon nez dans la laine et prononcé son nom, comme si je pouvais le convoquer près de moi, dans ma chambre de jeune fille.

Mes parents, mes cousins, André surtout, m'appellent tous Jeannette, Nénette ou « Noix de coco » à cause des veines qui affleurent à la surface de ma peau et me donnent un teint d'anémique.

« *Principessa* ». J'ai tenté de me rappeler la tessiture de sa voix, sa musicalité délicate.

Mais tout cela m'échappait.

Amedeo Modigliani disparaissait avec la nuit.

*

Au petit matin, je pense à toutes ces choses à faire, ces choses minuscules.

Passer quai Voltaire, chez Sennelier.

Acheter un nouveau chevalet.

Des carnets.

Tricoter des gants pour mon frère.

Décorer le grand sapin près des grilles de notre maison, à Galluis. Peindre des clémentines de couleurs vives, les accrocher aux branches, déployer des guirlandes.

Poser des santons sur les bûchettes.

Et la crèche. Sortir délicatement les figurines de la boîte en bois, retirer le papier journal, passer un chiffon, les disposer dans l'entrée, allumer une bougie.

(Quelle barbe !)

Maman insiste pour que je vienne à Galluis. Elle veut que je rencontre l'abbé Quaillet, voire, horreur ! horreur ! que je me confesse. Mais confesser quoi ? Rien à dire, moi.

Elle m'implore, C'est bientôt Noël, ma chérie, me menace sur tous les tons, Fais-moi plaisir enfin, de qui tiens-tu ce caractère, tu n'as pas le choix, il faudra bien que tu viennes de toute façon.

Moi, j'ai décidé que je n'irais pas.

*

Le ciel s'ennuage et grisonne au-dessus de la rue Soufflot, se confond avec les toits des immeubles.

Je traverse le boulevard Saint-Michel d'un pas dansant, me rapproche de la porte Vavin et de l'académie Colarossi où Amedeo Modigliani m'attend.

Je ne marche plus. Je flotte quelques centimètres au-dessus des pavés. Elle m'inquiète, cette démarche chaloupée de femme mûre, cette sensation de légèreté.

Mes pensées papillonnent.

Si je me concentre, je m'entends me parler à moi-même. Je me dis « Je », je me dis « Tu », et là, maintenant, en entrant dans le jardin du Luxembourg par la grille principale, alors que les platanes défeuillés forment une haie d'honneur pour ma petite personne, je me fustige, Jeannette, Jeannette, tu n'es pas faite pour l'amour.

Je ne cesse jamais de murmurer du même ton presque atone, si bien que les gens, de Vavin à Port-Royal, se retournent sur mon passage et, parfois, se moquent.

Qu'ils pensent que je suis folle, je m'en fiche !

Je veux vivre. Je veux peindre. Je veux être moi.

*

D'habitude, je fuis l'amour.

Qu'un homme m'approche, vante ma peau diaphane et les nattes cuivrées qui descendent à mes genoux, et je lui tourne le dos.

J'aime la tranquillité, redoute l'inconstance des sentiments. Non que je l'aie expérimentée à mes dépens, mais je l'ai lue dans les romans. Les tocades, les soubresauts des longues passions, ce n'est pas pour moi.

Si maman avait seulement conscience de mon état, de cette transe, elle assènerait :

– Tu sais, les hommes, ma fille…

Sans terminer sa phrase, me laissant imaginer les horreurs dont ils sont capables en toutes circonstances. Cruauté, absence, abandon, lâcheté, égoïsme, duplicité, bellicisme.

Mais que sait-elle des hommes, Eudoxie Hébuterne ? Mariée à dix-neuf ans, enceinte quelques mois plus tard, naissance d'André, puis de la mienne, quatre ans plus tard. 1893, 1894, 1898, trois petites dates, une vie foutue, engoncée dans la bonne morale catholique, celle de l'abbé Quaillet et de ses ouailles qui commentent les homélies, *ad libitum*, sur le parvis de l'église, chaque dimanche.

Maman ne sort jamais, à part pour sa messe du matin, remplir notre garde-manger, et se rendre en train à Galluis, au bras de papa. Je ne lui connais aucune amie. Ses seules fréquentations : les bigotes de la paroisse Saint-Étienne-du-Mont, à quelques rues de chez nous. Elles préparent des colis de confitures pour nos soldats et organisent des ventes de charité au profit des indigentes dont les maris sont sur le front.

Eudoxie... La « bonne doxa », la bonne réputation, ma mère, ma mère tenante de la bonne morale et de la vérité, enfermée dans ses principes. Héritière d'un prénom grec et rare, porté par une prostituée de Baalbek au IIe siècle, convertie dénoncée par un client. Décapitée.

Paupières turgides, chignon strict : maman porte sur le visage un perpétuel air de résignation. Depuis qu'André a été mobilisé, sa chevelure charbonneuse a blanchi.

Elle était tellement plus gaie autrefois. Elle chantonnait en préparant les repas, *bouh-douh-ba-douh*, coup de couteau au cœur de l'oignon, *froufrou polka*, épluchures et rondelles de pommes de terre.

Même sa violence a disparu, la fureur qui déformait son visage, ses mots qui soudain surgissaient et m'anéantissaient, Mais qui m'a donné une fille pareille ?, la gifle pour me remettre à ma place, Celle-là, tu ne l'as pas volée !

Elle préférait mon frère, sa langue châtiée, alors que moi, moi, je ne disais pas un mot.

André lisait les mêmes livres que papa, peignait, s'entourait d'amis élégants et bien élevés avec lesquels il allait boire des cafés liégeois au Rostand, rentrait à des heures convenables.

Je restais des heures derrière la fenêtre, à regarder la pluie tomber, le soleil revenir et sécher le zinc des toits. J'avais peur de tout ce qui m'entourait.

Je ne voulais pas aller à l'école.

Je voulais lire *Zarathoustra*, *Zarathoustra* en cachette, quand je parvenais à échapper à ma mère, à mon frère, à fuir la maison, une heure ou deux, pour me réfugier à la librairie de la rue Saint-Jacques.

Où cours-tu donc ainsi ? Tu t'en vas comme une voleuse. Ne parle pas aux inconnus, ne prends pas froid, ne rentre pas tard.

Je dévalais les cinq étages, traversais le quartier, bousculais les vieilles dames. Je poussais la porte de la librairie, une clochette tintait. Je m'asseyais par terre et un homme gris m'apportait un exemplaire, toujours le même, Il faudra songer à l'acheter, mademoiselle. Mais je repartais les mains vides après lui avoir lancé un sourire gêné. Je n'avais pas d'argent mais je reviendrais bientôt, promis.

Je ne voulais pas suivre maman au marché de la place Monge, ni faire le ménage.

Je voulais peindre comme mon frère.

Je ne voulais pas me lier d'amitié avec les petites voisines, des cruches, mais rester à la maison, enfermée quand il y avait trop de soleil, me promener sous la pluie, monter à cheval, me lover dans les bras d'André, y disparaître, comme si j'étais une partie de lui.

J'insupportais ma mère.

D'un trait vif, sur une feuille volante, je saisis son regard triste.

Elle relit une énième lettre d'André. Il n'a pas obtenu de permission pour Noël. Le silence s'emplit des lamentations lugubres de maman, comme si un militaire se présentait au cinquième étage de notre immeuble, rue Amyot, pour nous annoncer sa mort au combat et rendre ses objets : son carnet à dessin, ses fusains, son chapelet bénit par le pape et une photographie de moi, ce portrait du printemps 1914 qu'il adore. J'ai pourtant l'air d'une morte. Ma tête est ceinte d'une calotte noire. Mes lèvres, exsangues.

*

D'autres hommes, avant Amedeo Modigliani, ont bien tenté de m'approcher.

Dans l'autobus, un dandy m'aborde et me propose un café. Je repère très vite l'alliance à l'annulaire, un pli coupable à la commissure des lèvres. Je me détourne.

Un ami d'André m'envoyait des cartes postales du front, *Tes yeux sont comme l'Atlantique en hiver / Et mon cœur naufragé te rejoint sur le rivage*. Je gloussais à chaque missive jusqu'à cette nouvelle : tué à Verdun il y a quelques mois. Corps introuvable (introuvable ? Mais comment est-ce possible ?).

Et ce cousin éloigné qui a demandé ma main à papa. Je n'avais même pas seize ans. J'ai décampé au fond du jardin, me suis roulée dans l'herbe pluvieuse. Maman est venue me chercher, Reviens mon bébé, et elle m'a tenu la main pour rentrer. Je me suis fabriqué des yeux de démente, paupières mi-closes, pupilles tournées vers le plafond. Si papa me vendait à ce barbon, je me tuerais. Plutôt morte qu'emprisonnée dans un mariage.

Les autres, j'avais su les éloigner.
Mais Amedeo Modigliani, lui, je veux le revoir.
Le désir s'agrippe à mon corps. La peur, déjà, l'exténue.

*

Je cours vers lui pour lui rendre son écharpe.
Combien de fois l'ai-je déjà croisé à l'académie sans le voir ? Et pour quelle raison cet homme, dont j'ignorais l'existence, semble soudain essentiel à ma vie ?

Je retire un à un mes cheveux mêlés à la laine. Je la plie proprement. Je la lui tendrai et il faudra m'en aller vite.
Merci !
(Parce que je suis une enfant bien éduquée.)
Pas de discussion. Pas de justification. Je sais très bien mentir pour qu'on me fiche la paix. J'ai un rendez-vous, monsieur Modigliani, un rendez-vous chez le docteur, je n'ai pas le temps, je vais devoir sauter dans un fiacre au carrefour Vavin. Je file du côté de Gambetta, le bout du monde.
Laissez-moi, finirai-je par crier.
Adieu !

Je grimpe les marches de l'académie quatre à quatre.

– Avant, je sculptais. Cela m'aide à composer mes toiles, à donner chair aux modèles. Elles deviennent vivantes. On voudrait les toucher, sentir leur peau vibrer sous la paume.

Il n'a pas terminé de donner son cours.

– C'est un travail obstiné. Saisir la personnalité du modèle. Pas seulement la restituer, mais la sublimer. Sortez d'ici, allez regarder la façade du 82, rue Notre-Dame-des-Champs. Vous verrez la raideur des cariatides au-dessus de l'entrée. Architecture emplâtrée, sans âme... Moi, je dessine des cariatides, mais je les déstructure. Je les... démantibule pour qu'elles soient vivantes. Avant, avant, je taillais le marbre... C'était...

Il malaxe les mots, les recrache avec férocité.

– Mes toiles, elles doivent réveiller votre œil mort. Peu importe la vraisemblance. Inutile de vouloir décalquer le modèle comme une pauvre photographie. La photographie, ça ne vaut rien. Zéro.

Il tend à bout de bras plusieurs reproductions. Les *Vénus* de Titien et de Cabanel. *Olympia* de Manet.

– Un jeu de courbes et de lumières leur donne chair. Elles sont réelles et, en même temps, magiques, mystérieuses.

Sa mâchoire se contracte. Sa cage thoracique se soulève. Il râle et crache. Son corps se contorsionne. Puis il se calme et, comme si de rien n'était :

– Je vous laisse réfléchir à ça.

Il pose un feutre sur sa tête et me rejoint.

Je lui tends la main avec morgue. Moi, avec morgue ! Le nez haut, la bouche en cul-de-poule, l'exact inverse de mon air de rien. La gêne, d'habitude, a sur moi l'effet contraire : je plonge dans un silence mutique.

– Si je savais tailler le marbre de Carrare, mes pinceaux me sembleraient bien maigrichons, mes toiles, tristounettes.

– Tais-toi et suis-moi.

Je ne lui lance pas un bref adieu comme je me l'étais juré.

Je ne m'enfuis pas.

Je m'entends lui répondre un petit oui timide.

*

André a beau être au front, il me réprouve.

La voix de mon frère parcourt des centaines de kilomètres depuis son baraquement, me parvient, grésillante, au carrefour Vavin, couverte par le trot des chevaux sur les pavés et les cris des maraîchers de la rue Delambre.

Seules les lettres d'André me rappellent la guerre, et son absence, et l'effroi à l'idée qu'il puisse ne pas rentrer, ou revenir amputé, trépané, comme certains blessés que j'ai entrevus dans les jardins du Val-de-Grâce.

Dans mes cauchemars, il n'est pas tué au combat. Il se présente à moi, les deux bras coupés net à hauteur du coude. Sa bouche déformée m'enjoint de peindre à sa place.

À la maison, nous n'évoquons jamais les événements afin de préserver le cœur de mamounette. Ces morts qu'on inhume à la va-vite dans des champs gorgés de sang ; ceux dont on ne retrouve que les plaques d'identité. Papa ne rapporte plus *Le Petit Parisien* depuis la bataille de Meaux il y a deux ans.

À notre mère, mon frère écrit des missives truffées de religion.

Sa nouvelle chérie s'appelle Thérèse. « Ma petite sœur du ciel. » « Un ange qui m'arrache à cette pluie d'acier, ma tourmente quotidienne. »

Il lui adresse de longues lettres enamourées au Carmel de Lisieux.

Faut-il croire qu'un obus lui a emporté la cervelle ? Elle est morte en 1897, une année avant ma naissance, trois après la sienne !

Mon frère, cet agenouillé, ce bigot, cette grenouille de bénitier.

La Trinité, la résurrection, la communion des saints, le corps du Christ tout entier dans l'hostie, *ceci est mon corps et ceci est mon sang*, cette fantasmagorie me fait rire à bas bruit. Quand je vais à la messe, obligée par papa et maman, j'observe les vitraux, leurs lumières projetées sur les colonnes et Jésus agonisant. Pendant l'homélie, je pense « Foutaises ! Foutaises ! » pour couvrir le zézaiement du curé.

André a bien tenté de me convaincre : la grâce me tomberait sur les épaules comme un manteau ajusté. Une colonne de lumière inonderait mon visage. Enfin, je me convertirais. Je m'allongerais, comme il le fait parfois, à plat ventre sur les dalles de l'église de Galluis, christique.

Quelle ostentation, quel théâtre !

À moi, il ne m'envoie que de petites cartes postales griffonnées – collines des Ardennes, clocher de Seine-et-Marne, vue de Verdun.

Achète deux tubes de vert de baryte et un tube de blanc (le plus gros), un ocre (le numéro 6) et un outremer (le numéro 2). Je veux reproduire les dénivelés de vert que je vois depuis la tranchée. Je compte sur toi. Prends aussi des fusains. Je récupérerai tout ça lors de ma prochaine permission, je ne sais pas quand. Petit baiser au coin de ta bouche, sœurette.

Je les lis et les relis. Je les apprends par cœur. Ses mots deviennent les miens.

Depuis le boyau nauséeux où je suis piégé, je te vois, je te sens. Je sais tout de tes promenades, de tes cours à l'académie. Je sais tout de tes tentations aussi. Travaille, travaille ! Je ne veux pas que tu sortes le soir ni que tu voies des gens. Des baisers, mon bébé, ma noix de coco.

Je contemple les paysages sépia, passe l'index sur les bords crénelés.

À ma prochaine permission, Jeannette, je te le promets, on part à Galluis pour quelques jours, peindre, peindre et peindre. S'il fait beau, on installera notre matériel au fond du jardin, près de la rivière. D'ici là concentre-toi sur ton travail. Pas de badinage. Pas d'amourettes. Les futilités ne s'accommodent pas de tes ambitions créatrices.

Je glisse les cartes dans la rainure en cuivre de ma coiffeuse. Autant de signes de mon frère vivant.

S'il me voyait telle que je suis maintenant – une bécasse –, il déclamerait :

– Les malheurs pressentis arrivent presque toujours.

Sa voix grave imposerait le silence. Il tapoterait mon front du plat de la main.
– Petite mouche sans bulbe.

André en rajouterait pour me remettre dans le « droit chemin » (moi qui n'aime que les sentiers méandreux de la forêt, à Galluis).
– L'art, la pensée réclament de longues heures, de l'attente, et soudain, tout te vient en cascade. Tu dois être disponible. Sinon, tu dilues ton talent.
Une ride se creuserait entre ses yeux. Avec sa mâchoire carrée, nez plissé et cheveux plantés dru sur le front, il ressemblerait trait pour trait à papa, la barbe en moins.
– Cet homme t'écrasera... Tu perds ton temps avec un toqué.

Et, me voyant si peu sensible à ses mots, il finirait par me menacer.
– Pour toi, ce sera l'art ou le Carmel.
Il réussirait à convaincre nos parents qu'il faut m'enfermer, que c'est pour mon bien, comme il les avait autrefois convaincus de m'inscrire à l'académie Colarossi car j'avais de « bonnes aptitudes » pour le dessin.

À l'époque, maman ne cessait de répéter, à voix basse, à voix haute, dès le café du petit matin, au retour de sa messe et le soir, au dîner,

Une fille se marie, fait des enfants, ne se gâche pas dans une académie de peinture, mixte de surcroît, et quel genre de gens elle va fréquenter ? Des baltringues. Des sauteurs. Et ces colonnes de filles nues, rue de la Grande-Chaumière... Des cocottes...

André s'était engagé à me surveiller.

– Jeannette a bien le temps de se marier, puis, elle ne se mariera peut-être pas. Quelle importance ? Elle est habitée par quelque chose de plus grand qu'elle. Regardez ses yeux, leur profondeur, leur densité. Elle refuse de rencontrer le Christ. Mais un jour, il se présentera à elle et elle n'aura plus le choix. En attendant, laissez-la vivre son art... C'est un vecteur vers Lui.

Mon père avait hoché la tête. Il était d'accord.

*

Les jeunes filles, en général, sont acceptées à l'académie Colarossi en tant que modèles. Mais André avait insisté auprès de la direction pour qu'on m'accorde l'accès aux cours.

Jusqu'à ce qu'il soit mobilisé, mon frère m'attendait chaque jour sur le trottoir, rue de la Grande-Chaumière. Il fumait un cigare, égrenait son chapelet, lisait, assis sur un banc, Sainte-Beuve ou Bossuet, annotait *Romans à lire et romans à proscrire*, un livre de l'abbé Bethléem que papa lui avait acheté pour Noël.

Quand j'apparaissais sous le porche, il attrapait mon bras et nous rentrions au pas de course rue Amyot. On ne traîne pas ici, *Doux Seigneur.*

*

Amedeo Modigliani s'est assis en face de moi, dans un café à l'angle des boulevards Raspail et du Montparnasse, où je n'ai jamais mis les pieds auparavant.

– La Rotonde, mon repaire. Crédit illimité du petit père Libion. Je lui offre un dessin contre un vermouth. Si tu me cherches, ma belle, tu me trouves ici.

Je me suis recroquevillée sur la banquette en velours bordeaux, statufiée, mains sous les cuisses, tête penchée vers la droite, rentrée dans les épaules.

Mon cœur cogne. Je l'entends tambouriner sous la peau fine de mon buste, malgré le brouhaha du café, le cliquetis d'une machine à sous près du comptoir et le bruit des fiacres battant les pavés.

Je tente de maîtriser ma respiration, inspiration lente – expiration fractionnée. Ne pas laisser paraître mon trouble.

Les doigts peinturlurés, ocre, d'Amedeo Modigliani volettent devant son visage. Il soliloque maintenant, et je l'écoute.

– J'ai rêvé d'être un tailleur de pierre, un anti-Rodin. J'ai dû renoncer.

Les éclats du marbre et du granit bouchaient ses bronches malades. Il ne pouvait plus respirer. Brancusi le trouvait gisant près des blocs de marbre quand il travaillait, cité Falguière.

Ses amis l'ont cru mort. Il s'est vu agonisant, crachant des glaires sanglantes, allongé, seul, sur le sol de son atelier.

Il a arrêté.

– Je suis poitrinaire, mais trop jeune… Trop jeune pour crever.

Il s'est mis à peindre des corps. Il voulait saisir leur solitude, celle des femmes surtout, leurs moments d'abandon. Il y a deux ans, il a trouvé un marchand qui voulait bien le payer pour ses toiles, pas pour ses sculptures. Trop lourdes, trop grandes, impossibles à stocker.

– Paul Guillaume, mais tu connais pas.

Amedeo Modigliani n'a pas retiré sa veste. Il s'avance au bord de la chaise, comme s'il allait décamper à la fin de la phrase.

– Tu connais pas, répète-t-il comme si je le décevais. C'est pas de ton monde.

Il tombait bien, ce Paul Guillaume, avec son argent et ses grandes ambitions. Mais à force de fréquenter les bars de Montparnasse, les fiestas, Amedeo a fini par rencontrer un autre marchand : Zborowski, Zboro, son ami Zbo... Son nouveau pilote. Un poète, un exilé qui fera sa gloire et, surtout, sa richesse. Il lui donne un pécule parce qu'il faut bien se nourrir de temps en temps.

– À Paris, les visages sont dénaturés par la grisaille. La lumière mordorée de Livourne, c'est ça que je cherche dans mes tableaux. Tu viendras avec moi, en Italie.

Pas même un hochement de tête, rien, je me tais. Je me tais parce que je ne sais pas quoi répliquer à part, « Ça ne se fait pas », parce que j'ai peur de passer pour une stupide petite fille, qu'il se lève soudain et me crache à la figure, « Désolé, je me suis trompé. En fait, on n'a rien à se dire. »

Le serveur lui sert un verre de rhum à ras bord. Amedeo Modigliani l'avale d'une traite. On lui apporte du vin rouge. Il engloutit la carafe.

– J'ai mal quand je respire, ça me déchire la poitrine. J'aime boire pour oublier cette douleur. Mais je sais aussi rester sobre, *ragazza*, me concentrer, me concentrer pour aller vers mon rêve. Tu te dis que je suis prétentieux et tu me plains ? Compatis parce que, souvent, je ne vais pas bien. Je me cogne aux limites de mon ambition. J'en distingue les contours. Ça me rend fou, ça me rend malheureux.

Alors il traîne ses poches trouées le long du cimetière du Montparnasse. Jamais à l'intérieur, jamais entre les tombes. Baudelaire, Huysmans, il préfère les lire plutôt que s'asseoir sur leurs sépultures pour méditer. De toute façon, chez les juifs, on dit que ça porte malheur de fréquenter les morts. Même les plus célèbres.

Il passe du temps dans les bistrots, mange délicatement, des bolognaises chez Rosalie, fourchette sur cuiller à soupe, zéro éclaboussure sur la chemise, pas comme son ami Chaïm Soutine qui jette ses mains dans le plat, rogne les os et mastique bouche grande ouverte. Il siffle deux bons litrons de *vino della casa*, et part en laissant un croquis sur la nappe à carreaux, ou alors… Ou alors il fait envoyer la note à Paul Guillaume, à Zborowski, à Picasso, mais Picasso est d'un pingre, impossible de compter sur lui. Ce n'est qu'un enrichi qui fait semblant d'être pauvre. Ou alors il quémande un crédit. Il veut travailler librement. L'artiste est au-dessus des contingences. Mais attention… Il tient à s'habiller bellement, costume de velours, gabardine cintrée cousue main, chapeau en provenance de Livourne. Il ne veut pas faire pitié comme Utrillo qui promène sa carcasse avinée et ses loques puantes dans les ruelles de Montmartre.

– Et je te parle même pas de sa moustache constellée de chiures. Moi je fraude aux bains municipaux pour rester propre sans avoir à débourser un franc. Et même je me lave à l'eau glacée, dans la fontaine de Saint-Sulpice, s'il le faut.

L'autre nuit, il n'y a pas si longtemps, il a déchiqueté des toiles de petits peintres, des escrocs qui traînent à la Gaîté, ceux qui veulent prendre la place des véritables artistes, de ses amis, Soutine, Kisling, Foujita.

– Tu les connais pas, tu es trop petite.

Il s'est battu avec ces barbouilleurs. Un coup de poing dans la figure, un autre dans le plexus. Il a dégainé un couteau de cuisine caché dans la manche de son manteau. Il a fini au poste de police.

Scandale sur la voie publique. Une stupide histoire. À l'aube, quand les policiers l'ont relâché, il s'est endormi dans le caniveau, rue Campagne-Première.

Il frappe sur sa poitrine de ses deux poings.

– Depuis, là-dedans, c'est la *sciara del Fuoco* ! Ça crépite, ça se déverse en coulées de lave. Je me suis remis à tousser du sang. « Je ne suis pas vivant, mais je le fus ! »

– Dante ? j'interroge d'un filet de voix.

– Dante ! clame-t-il. Je ne connais que Dante. J'aurais juré que tu étais le genre de bébé biberonné à Walter Scott.

Je me somme de partir sur-le-champ, de rentrer sagement à la maison. Il faut que tu fuies, Jeannette. Mais ma voix est recouverte par celle, autoritaire, d'Amedeo Modigliani.

Il approche son visage à quelques centimètres du mien.

– Tête ovale, nez droit et épaté à la base, lèvre supérieure en forme de cœur... Un visage encore poupin... Tu ressembles à mes divas italiennes. Montre-moi tes mains ! Puissantes, grasses, des mains de fermière. Mais les mots ne suffisent pas à dire qui tu es. Les mots ne suffisent pas...

Il attrape une de mes tresses à pleine main, l'enroule autour de son bras droit :

– *Barou'h ata adonai elohenou mele'h haolam achere kidechanou bemitsvotav vetsivanou al mitsvat tefiline...*

Les gens nous regardent avec insistance.

Les serveurs se gondolent.

– Tu les vois tous ces antisémites ? Moi, je parle hébreu, yiddish et ladino, oui, messieurs-dames, je suis Modigliani... Juif, moi, *jew* !

Je suis pétrifiée.

– Mais nous, on s'en fout de ces abrutis ! Nous sommes attachés. Reliés à Dieu par l'art.

Il se balance d'avant en arrière, ferme les yeux, les rouvre, tels les juifs orthodoxes que je croise certains matins devant la synagogue de la rue Vauquelin, à côté de chez mes parents.

– *Chema israel adonai elohenou adonai ehad barou'h chem kevod mal'houto leolam vaed...* Je ne sais pas comment tu t'appelles, jeune fille. Je ne sais même pas qui tu es.

Qui je suis ?

– Je suis Jeanne Hébuterne.

– Contrairement aux apparences, tu n'es pas ligotée à mon bras, mademoiselle Butenne. Tu es ligotée dans la *sapienza*.

– Je suis Jeanne Hébuterne.

Il se lève, se penche vers moi, crie près de mon oreille :

– D'habitude, je dessine mes maîtresses ou des putains. Pas des petites bourgeoises, comme toi, Hébuterne. Mais je ferai une exception : viens me voir rue Joseph-Bara, au numéro 3, atelier de Zborowski, premier étage. Tu trouves pas ? Questionne la concierge. Mme Salomon, elle s'appelle. C'est un laideron, je te préviens, le cheveu filasse, la peau boutonneuse. Mais au moins, elle, elle chouchoute les artistes.

J'ai envie de rire, soudain, ça me prend à pleine gorge. Je cache ma bouche avec ma main. Je déteste qu'on voie mes dents, qu'on entende mon rire de folle, ce rire féroce qui surgit dans les pires moments. À la messe d'enterrement de grand-mère, au cimetière quand maman récure les tombes de nos morts à la Toussaint, au dîner de Noël quand elle découpe la bûche d'un geste sûr, la bouche pincée, ça monte, ça monte, je ne retiens plus rien. Chut, tais-toi, vocifère André, tais-toi ou il va falloir t'enfermer.

Ça finit par passer.

– Hébuterne… Hébuterne…

Amedeo Modigliani psalmodie mon nom. Il le prononce en roulant le « r », en l'avalant dans le « n » presque final. Je hoche la tête, allez, ne pas faire d'histoires. Lentement, je désenroule la tresse de son bras et déplie mon corps.

– Tu n'attends pas la permission de tes parents ! 3, rue Joseph-Bara… C'est un ordre !

Il lance son écharpe autour de mon cou.

– Donnée.

Il saisit ma main droite.

– Adieu, mademoiselle Hé-bu-ter-ne ! Je t'épouserai sans te demander ton avis.

Les passants, les clients du café font des commentaires à voix basse.

– À quoi ça servirait de te demander ton avis ? On ne refuse rien à Modi.

Je m'en vais, chancelante, par le boulevard du Montparnasse. J'ai toujours autant envie de rire. J'ai envie de crier aussi, de chanter à tue-tête. Je crois que je deviens folle.

La voix d'André me poursuit, en écho de mes pensées, jusqu'à la rue Amyot. Si je continue sur ce chemin de dépravation, à perdre mon temps avec ce toqué, André exhortera mes parents à choisir entre le Carmel de Lisieux et l'asile tout simplement, où on cloître les folles qui ne sont pas des saintes.

Depuis toujours, mon frère veut que je lui appartienne.

*

Ne pas le revoir. Jamais.

Je me répète ces mots, les écris dans ce carnet, comme s'ils pouvaient me protéger d'un danger que je pressens sans en distinguer les contours, du désir vibrant de retrouver Amedeo Modigliani.

3, rue Joseph-Bara.

C'est un ordre !

Il faudrait bazarder mon confort et ma vie rikiki. Or tout m'y maintient : le bruit des patins de maman sur le parquet, la nuit, quand elle ne trouve pas le sommeil ; les odeurs de sa cuisine – sa soupe à l'oignon, ses choux farcis. Même en pleine guerre, elle sait donner bon goût au pain et à l'eau. Je me surprends parfois à attendre le moment des repas comme je cherchais son odeur et sa chaleur, avant de dormir, quand j'étais enfant.

Tout me retient : le regard fier de papa sur mes mains quand je crayonne, installée dans le voltaire, à Galluis ; ses mots encourageants, « Ma Nénette, tu seras une grande artiste », alors qu'il aurait préféré, c'est certain, que je suive la voie rangée de maman, un beau mariage, des enfants, le don pour les choses ménagères, une virtuose en cuisine.

Tout m'emprisonne : André, ses cartes postales, l'attente de ses permissions et de ces moments où il me murmure que notre amour est indépassable.

– Indépassable, André, tu es certain ?

– Mon sang irrigue ton cœur qui fait vivre mes poumons. Connais-tu un amour plus fort que cela ?

Dans un miroir, il me montre le reflet de nos têtes scellées l'une à l'autre, nos cheveux emmêlés, tels des siamois.

Pour quelle autre geôle quitterais-je donc mon frère, ma famille ? Ce Modigliani aime les femmes (« les maîtresses, les putains »), avale du vin, du rhum, sans que ses yeux se vitrifient un seul instant, se vante de faire le coup de poing (coffré pour scandale sur la voie publique).

La voix de mon frère persiste. Ce bandit te traînera dans la boue, Jeannette. Ce voyou fera ton malheur.

Me voilà prise dans la mangrove. « Ligotée dans la *sapienza* », une sagesse triste et sans relief.

Un étouffoir.

*

Désormais, par crainte de croiser Amedeo Modigliani, j'évite le carrefour Vavin. Je contourne les rues Joseph-Bara et Notre-Dame-des-Champs, ne m'arrête plus pour bavarder avec les statues du Luxembourg.

À la fin de mes cours, je pars la première, cachée sous une capeline, par le boulevard du Montparnasse. Je n'aborde aucun élève, évite les travaux en groupe. De toute façon, je n'ai jamais aimé cela.

Le plus souvent, je dessine des scènes de rue depuis ma chambre, fenêtre grande ouverte sur les toits recouverts de givre. Je peins des natures mortes, travaille sans relâche les reliefs de mes pommes posées sur un torchon ou des nappes colorées.

Je suis même retournée à Galluis avec papa et maman.

Mon parfum ambré a fini par remplacer l'odeur de tabac blond et d'essence de térébenthine dans l'écharpe à grosses mailles de laine.

Amedeo Modigliani ne me rejoint plus dans mes rêves.

Tant mieux, je travaille davantage.

J'ai repris mon projet d'illustration pour *Jours de famine et de détresse*, le livre de Neel Doff. Trente-deux petits dessins à l'encre noire. Des enfants faméliques accrochés au sein de leur mère, visages hâves, pauvres à crever. Une fillette obligée de se prostituer pour nourrir ses frères et sœurs.

Maman ne peut s'abstenir de faire l'une de ses remarques à l'effet ricochet, qui m'empêchent de dormir, et finissent par me donner envie de ranger mon matériel et d'arrêter de peindre définitivement.

– Tu ne peux donc pas choisir des sujets plus gais ?

*

Je finis par douter que j'aie rencontré Amedeo Modigliani dans les premiers jours de décembre.

Ai-je encore inventé un personnage pour remplacer André ?

Quand il est absent, j'ai besoin de lui fabriquer un double imaginaire, un poète avec qui je vais peindre au fond du jardin, un compagnon qui me tient la main, la nuit. Tant de fois je me suis endormie, blottie contre lui. Sa main caressait mes cheveux. Nous nous réveillions enchevêtrés comme une seule personne. Au matin, mamounette nous bousculait. Nous étions bien trop grands désormais, presque des adultes, pour passer la nuit ainsi. Mais nous recommencions le soir suivant.

Toute seule, j'ai peur, j'ai peur de ce qui m'entoure, du noir, des gens, des bruits trop forts, des émotions qui me submergent parfois et m'empêchent de poser un pied devant l'autre. Mes larmes roulent, tristesse sans bornes, pensées crépusculaires. La mort rôde.

Depuis qu'André est parti au front, je m'enferme dans la chambre que nous partageons, rue Amyot. Je m'allonge sur son lit. L'oreiller sent le savon. Son odeur d'eau de Cologne, dont il tapotait ses joues après s'être rasé au-dessus de la bassine en fer, s'est évaporée. Il a emporté dans sa besace la Bible qu'il posait sur la table de nuit, et même le crucifix.

La tapisserie vert foncé se craquelle sous l'effet de l'humidité.

Le plafond pèse sur mon crâne.

– À qui parles-tu, Jeannette ? me demande maman, par la porte entrouverte.

– À personne.

*

Noël est passé.

La messe de minuit, à Galluis, a ravivé la peine de maman.

L'abbé Quaillet a rappelé, dans une litanie pénible, les prénoms des jeunes hommes du village tombés au combat depuis deux ans.

Jacques et Joseph, Louis, Philippe, Bernard... Nous les connaissions tous. Quand nous étions enfants, mon frère jouait aux osselets avec eux. Ils construisaient des cabanes dans le noisetier, au fond du jardin, partageaient des goûters d'anniversaire – gâteau au chocolat parsemé de sucre glace, réglisse, caramels au beurre salé rapportés de nos séjours en Bretagne.

Je l'aurais tué, ce zozoteur !

Après cela, mamounette a passé une nuit blanche. Pourquoi serions-nous épargnés, Seigneur ? Pourquoi nous, plus que d'autres ? Elle errait au rez-de-chaussée, déplaçait les bibelots sur la cheminée, dégraissait des casseroles. Au matin, son teint terreux lui conférait une allure de revenante, d'autant qu'elle ne quitte plus sa longue robe de velours noir, comme si elle portait déjà le deuil de son aîné.

Elle finira par nous porter la poisse.

Nous n'avons reçu aucune nouvelle d'André.

Quand il est parti, il y a deux ans, il nous avait promis qu'il rentrerait un mois plus tard. Un *petit* mois plus tard. Gare de l'Est, il traînait son énorme baluchon bleu roi auquel étaient accrochés sa baïonnette et son képi.

Il me tenait la main. Nos doigts s'entrecroisaient comme ceux des amoureux qui, sur le quai, se disaient au revoir.

– Ce ne sera pas long, on va les écraser et remonter jusqu'à Berlin en un éclair. En un éclair, Nénette, alors tu as intérêt à rester bien sage.

Puis il a grimpé dans un wagon bondé de jeunes hommes. Je le cherchais derrière les vitres baissées. Je criais son prénom. Je voulais lui envoyer un dernier baiser. Mais je ne l'ai plus vu, et le train s'est ébranlé.

Il ne restait plus qu'au creux de ma main l'odeur âcre des cigares, toujours des moitiés de Toscano, qu'il tenait entre son index et son majeur, et portait à sa bouche, même lorsqu'ils étaient éteints depuis longtemps.

*

Au cours d'une permission, plusieurs mois après le début de la guerre, André m'a dit :

– Si je perds un bras, je me tire une balle dans la tête.

J'ai oublié cette phrase aussitôt. J'ai fait comme s'il ne l'avait pas prononcée, comme s'il était resté le garçon fort, partant, sûr de lui-même et du destin de la patrie. Comme s'il n'avait pas changé.

Grand frère protecteur, morceau de moi, âme sœur *ad vitam*.

Je n'ai pas voulu voir que cette guerre avait commencé à fendre sa vision péremptoire de la vie.

*

Les derniers jours de décembre se déroulent dans une tristesse sans fin.

Aucune envie de sortir. Je travaille depuis mon lit aux planches pour le livre de Neel Doff. Je contemple le ciel grêleux, pignoche, debout, dans la cuisine. Il m'arrive de m'endormir, le crayon à la main, sans terminer mes personnages maigrichons.

Maman se plaint sans cesse. Elle ne trouve plus rien au marché de la place Monge. Quelques pommes de terre, des poireaux. Il n'y a plus de viande. Le boucher a fermé son étal. Elle agrémente ses soupes avec des morceaux de pain bis rassis.

Papa ouvre encore la mercerie. Mais il lit pendant des heures, derrière le comptoir, plonge ses doigts dans une caisse remplie de boutons, les égrène, les compte ou les associe par paires, tout cela pour passer le temps. Il s'ennuie.

Seules une ou deux clientes entrent chaque jour, tâtent les bas de soie, demandent à voir des fils angora, des pelotes de laine. Elles réclament un crédit mais, souvent, repartent les mains vides.

Deux hommes ont poussé la porte de la mercerie, un matin de bonne heure. C'est devenu tellement rare depuis le début de la guerre.

L'un présentait bien. L'autre avait une allure de clochard.

Ils ont regardé les tricots de peau; fouillé dans les bacs à rubans. Ils baragouinaient une langue slave, ponctuée de grognements et d'interjections en français. Ils ont fini par acheter de la ficelle.

Le second faisait de grands gestes insensés. Le premier l'avait poussé dehors, le temps de payer en piécettes d'un centime, un sourire charmeur barrant son visage.

Mon père avait été soulagé de les voir s'éloigner.

*

Ce matin, quand j'ouvre les volets, je m'attarde un moment au bord de la fenêtre. Ma main caresse mécaniquement la pierre granuleuse du parapet. Une buée glaciale sort de ma bouche.

Les passantes silencieuses avancent, le dos voûté. Il n'y a presque plus d'hommes de mon âge dans Paris. Il reste les réformés, les éclopés, les trop vieux. Les types du genre d'Amedeo Modigliani. Les « traîne-savates » de l'arrière-front, comme les désigne André dans ses lettres.

*

Liste d'achats chez Sennelier :

Fusains.

Peinture à l'huile (les plus gros tubes pour aplats de couleurs).

Encre.

Un ou deux carnets à spirale, papier vélin, couvertures en velours cartonnées.

*

Je dévale la montagne Sainte-Geneviève et longe la Seine.

Les tours de Notre-Dame se découpent sur un ciel lourd. Les remous boueux du fleuve charrient des branches décharnées. Cela me pince le cœur, ces suicidés qui se jettent des ponts et qu'on enterre à la va-vite, gonflés d'une eau verdâtre, voire qui disparaissent, dilués dans les abords limoneux de la mer. Ce sont surtout des jeunes femmes, comme moi, qui trouvent la mort plus douce en se noyant plutôt qu'en sectionnant leurs veines ou en se tirant un coup de carabine dans la tête.

Je ne sais pas nager, jamais appris.

Parfois, la nuit, mes poumons et ma bouche s'emplissent d'un flot salé dont le goût morbide persiste plusieurs heures après mon réveil. De quels tréfonds viennent ces pensées ? Dans quel abîme se logent-elles ? Je les fuis, mais elles persistent. Je me hâte, me retourne, guette une présence, à droite, à gauche. Je cours, mes jambes se dérobent. Parfois, je tombe à genoux. Je voudrais disparaître. Disparaître.

*

Chez Sennelier, je m'attarde entre les linéaires en bois brut remplis de tubes, de crayons multicolores. Je voudrais tout acheter sans avoir à choisir. J'examine les différents types de chevalets, ceux en bois de hêtre huilé, ceux en pin, plus simples et moins chers. Je m'approvisionne en pinceaux et en brosses. Je choisis quelques tubes souples, toujours les teintes préférées d'André, des verts et des gris. Puis je remonte par le boulevard Saint-Michel, les bras chargés de marchandises.

– Hébuterne ! Hébuterne !

On m'appelle d'une voix enjouée.

– Hébuterne !

On m'attrape par les hanches.

On me soulève.

Je lâche mes paquets sans me débattre.

– Chaïm ! Récupère les sacs, faut pas gâcher le matériel Sennelier.

On m'emporte au pas de course.

– Suis-nous, Chaïm, et *subito* !

Je n'ai jamais su crier, même quand André jouait au fantôme dans les chambres de Galluis, émettant des sons sinistres, ou m'entraînait, entre chien et loup, au fond de la forêt. J'explosais d'un rire guttural. Il finissait par s'exclamer :

– Arrête, Jeannette, tu me fais peur.

Maintenant, c'est pareil, le même rire de folle.

Amedeo Modigliani me porte comme un rouleau de tissu, perpendiculaire à son épaule droite. Il cavale le long des grilles du Luxembourg.

Un type au visage de boxeur, nez proéminent, dents cariées, galope à nos côtés. Il hulule, se déhanche, danse autour de notre duo en faisant de grands moulinets avec ses bras maigres. Ses chaussures à semelles de bois, pleines de papier journal, claquent sur le pavé.

– Ta donzelle, elle a la pognasse pour acheter du matériel. Elle est pas obligée de chaparder comme nous. Elle finit jamais au poste, ton embourgeoisée.

Le bonhomme sautille dans un costume noir trop large pour lui, ouvert sur une poitrine efflanquée. Il toussote, se rétracte, vocifère, se déploie et, soudain, arrache un pistolet de la poche intérieure de la veste. Il vise les branches nues des platanes.

– Modi a le cœur qui tire. On fête aujourd'hui le grand amour, celui qui t'emmène aux bordures de la folie. Shalom, Hébuterne ! Shalom !

Les deux complices m'entraînent par la rue Michelet. Arrivé rue Joseph-Bara, Modigliani balance un coup de pied dans la porte cochère, et me pose.

– Je n'ai pas pu m'engager dans la Légion en août 14. Les cons de la rue Saint-Dominique... Ils m'estimaient aussi faible qu'Ortiz de Zarate.

Tuberculeux, souffreteux et tous ces mots en « eux » dont ils m'ont affublé. Incapable de manipuler un lebel de cinq kilos, ils ont dit. Mais regarde comme je suis fort ! Je te présente Chaïm.

– Chaïm Soutine, précise celui-ci en faisant une courbette. Enchanté, Hébuterne. Et maintenant, je vous abandonne. J'ai mieux à faire que vous tenir la chandelle. Adios ! Adios !

La porte se referme sur la silhouette tordue. Le bruit de ses souliers à semelles de bois s'éloigne. On l'entend chanter à tue-tête, *L'amour est enfant de bohème, il n'a jamais jamais connu de loi.* Et soudain claquent trois coups de feu.

– Que personne m'approche ! Laissez-moi passer ! J'ai sommeil.

Les compères m'avaient suivie depuis plusieurs jours. Ils savaient où j'habitais – 8 *bis*, rue Amyot, dernier étage sous les toits, un appartement avec cheminée, parquet en point de Hongrie, moulures, pas très grand mais confortable. Ils avaient mené l'enquête.

Comment peindre dans ces conditions bourgeoises ?

Amedeo ne fréquentait que des ateliers humides et glacials en hiver, de vraies fournaises en été. À ma place, il préférerait crécher dehors, errer toutes les nuits dans les catacombes ou faire la fête sous les ponts avec ses amis clochards.

Il avait bien vu ce dont mes journées étaient remplies. De *niente* ! Aller à l'académie parfois, pas tous les jours. Revenir. Aucune amie. Pas d'appétence pour les cafés, ni pour les galeries de la rue Mazarine, et la Rive droite ? La Rive droite, ça n'existe pas. Comment pouvais-je travailler ainsi, encagée entre le papa et la maman, coupée du monde, recluse ? Il y avait de quoi devenir dépressionnaire.

(Il utilise cet adjectif précis, « dépressionnaire », ça me fait sourire en l'écrivant. Je pourrais très bien répondre à quelqu'un qui me demande comment je vais aujourd'hui. Je me sens dépressionnaire. Je suis comme le temps, nuageuse et, parfois même, complètement maussade.)

Avec Chaïm Soutine, ils étaient entrés acheter de la ficelle à la mercerie. Le padre… Il ne lui manquait que le schtreimel ! Il ressemblait aux vieux juifs de Livourne, avec sa barbe grisonnante et son costume sombre. Mais il les avait regardés de travers, par-dessous ses lunettes à monture de fer. Chaïm avait failli dégainer son revolver pour lui faire la leçon.

Quelques jours plus tard, ils avaient voulu grimper dans le train pour Galluis, à la gare d'Orsay. C'était juste avant Noël. Mais ils n'avaient pas l'argent pour le billet, et puis… avec Chaïm, impossible de passer inaperçu. Rare qu'ils ne soient pas embarqués pour un motif ou un autre : détention illicite d'une arme, bagarre, beuverie.

– Maintenant il est temps de se dire bonjouir. Oui, bonjouir, Hébuterne !

– Bonjour.

– Bonjouir. C'est comme ça qu'on dit, ici, à Montparnasse. Tu restes avec moi. Je ne veux plus que tu me fuies. N'aie pas peur.

– Je n'ai pas peur.

(J'affirme cela, « même pas peur », alors que ce « bonjouir » me plonge dans l'effroi.)

– Tu trembles.

– Non, je ne tremble pas.

(Je tremble.)

Il me prend par la main et m'entraîne au premier étage.

Un tango s'échappe d'un phonographe à pavillon.

Amedeo Modigliani esquisse un pas de danse sur le palier, en avant, en arrière, m'attrape par la taille et me pousse dans l'atelier de Léopold Zborowski.

*

Tout devient confus à l'instant où je passe la porte.

À même les briquettes du mur, juste en face de nous, est peint le visage tuméfié de Chaïm

Soutine. Ses paupières tirent vers le bas. Il nous scrute, l'air las. Mais de ses lèvres grasses et vermillon surgissent des rimes sauvages.

– Il ne voudra rien savoir de votre vie tant que vous n'aurez pas léché son vit.

Les contours de l'atelier m'apparaissent dans une brume orangée.

Mouvements subtils de mon bassin, ondulation de mes hanches.

Jeanne, c'est de l'eau pure, disait mon frère à ses amis.

Je perds le fil de mes pensées.

Pas touche ! insistait-il.

La voix limpide qui m'accompagne continuellement, commente mes gestes du quotidien, et me permet de restituer tout cela dans ce carnet, certains soirs, me parvient assourdie.

Je voudrais m'allonger dans les plis d'un édredon moelleux à Galluis, disparaître du monde des vivants, et du regard d'Amedeo Modigliani.

Il désigne le divan au milieu de la pièce comme s'il ressentait l'affaissement de mon corps.

Il dessine sur une feuille volante.

Le bruit sec du crayon sur le papier entrecoupe le silence. De petites bulles s'échappent de ses bronches. Il s'interrompt, souffle court, sort un mouchoir de la poche de son veston et y cache sa bouche pour cracher.

– Ne bouge pas.

Je reste ainsi, les mains posées sur les cuisses, incapable de me mouvoir.

Il essuie ses lèvres, plie le mouchoir en quatre et le range dans la poche intérieure de sa veste.

– Ta beauté se fracasse sur ta jeunesse, Hébuterne. Tu seras une belle vieille dame. Dommage… parce que je serai mort avant de voir ça, tes traits affinés, tes rides au coin des yeux. Oui, tu seras une belle vieille dame, comme ma mère.

Il achève le portrait en quelques minutes.

– Ma mère ne s'est pas empâtée comme toutes les Italiennes finissent toujours par s'empâter. Elle est devenue fine avec l'âge.

Il sort une photographie de son portefeuille. Eugénie Garsin, jeune, un parfum ambré dans son sillage.

– Exactement le même parfum que toi, c'est ça qui me trouble le plus.

Sur le cliché, la femme est gironde, vêtue d'une robe ample à rayures. Elle porte un petit garçon sur ses genoux. Il veut descendre. Il s'agite. Mais elle le tient fermement entre ses mains. Elle n'a jamais cessé de l'appeler Dedo. « Mon Dedo chéri ».

– Elle a de grands yeux en amande. Des yeux gris-vert, effilés, dont la couleur se modifie en fonction du temps, un peu comme toi.

Il passe la main sur le visage ovale de sa mère. Les cheveux noirs sont sèchement peignés, séparés par une raie large au milieu du crâne.

– Elle m'a vu mort il y a vingt ans. Tuberculose, fièvres foudroyantes, poumons rongés… Elle restait à côté de moi, je délirais. Elle disait. Je te donne ma force, prends-la. Elle restait jour et nuit contre moi. Je sentais battre son cœur contre le mien. J'avais quatorze ans. Elle me disait de prendre sa vie.

Il range le cliché, me tend son dessin.

C'est bien moi, Jeanne Hébuterne, en gros plan.

Aucun décor annexe.

Un cou de cygne, distordu. De longues nattes épaisses. Le collier de perles que j'emprunte à mamounette, tous les matins. Mon corps enfoncé dans l'épaisseur du manteau de laine.

Mais les cavités oculaires sont presque vides.

– Tu es déçue ?

Il a supprimé mes yeux.

– Tu regardes à l'intérieur de toi.

Mon visage n'est qu'un masque. Jamais vu ce genre de portrait auparavant.

Il écrit « Hébuterne » en lettres capitales, verticalement, près de la toque, et s'applique pour rédiger dans un coin de la feuille : « À Jeannette, le 30 décembre 1916 ». Il signe de son nom,

Modigliani, le *g* et le *l* formant une grande boucle penchée.

– Je suis sûr que tu ne te regardes jamais dans une glace.

Depuis qu'André est parti sur le front, je ne me vois que fragmentée, un œil brillant dans le reflet d'une vitrine, un léger mouvement d'épaule ou du coude dans le miroir de ma coiffeuse.

J'ai retourné la glace en pied contre le mur de la chambre.

Autrefois, André peignait mes cheveux pendant de longues minutes, le soir, avant que je me couche. Maintenant c'est maman qui m'aide à tresser mes nattes chaque matin.

Amedeo Modigliani s'approche, attrape mon menton entre ses doigts.

– Tu as peur de distinguer la corrosion au pli de tes lèvres, les joues qui se flétrissent…

J'ai peur de voir sous la peau, les os, ce qu'il restera de moi après la mort.

Il pose un baiser au coin de ma bouche. Je ferme les yeux.

Me voici soudain allongée sur un tapis d'herbes sèches à Galluis, par un été caniculaire. Un papillon aux ailes rougeoyantes volette sur ma peau. J'essaie de l'attraper, geste rapide, raté.

– *Allons, tout bien pesé, je pense que me suivre sera pour toi le mieux : je serai donc ton guide…*

– … *Nous sortirons d'ici par le règne éternel.*

– Dante ! Moi, je n'aime que Dante et *Maldoror.* Maintenant tu peux rentrer chez tes parents, fillette. J'ai besoin d'être seul.

1917

Certaines jeunes filles ressentent la nécessité de confier quotidiennement leurs états d'âme à un journal intime. Pas moi. Je ne crois pas que l'on puisse traduire les événements intérieurs de l'âme pendant que l'on est sous leur empire. J'ai coffré mes sentiments dans un compartiment reculé de mon cerveau, et me suis enfermée dans ma chambre.

Je travaille.

J'ai achevé le portrait d'une Bretonne, à partir d'une carte postale qu'André avait achetée sur une brocante avant la guerre.

La coiffe blanche, la robe d'ébène, les mains croisées comme celles d'une gisante, le visage hâve et clos, j'avais déjà tout esquissé, sauf le plus difficile: l'ambiance autour de mon modèle. J'ai souffert pendant des heures sur l'horloge en bois parée de feuilles d'or, et même sur le coin de cheminée en haut, à gauche du cadre. Je n'ai pas renoncé, y revenant la nuit, à la lumière bleutée de ma lampe à huile, tant le décor, selon moi, doit porter le personnage, ses émotions, et refléter son époque.

Le résultat ne me déplaît pas. André me féliciterait pour ce portrait. Tu progresses, *sister.* Mais Amedeo Modigliani, lui, me fustigerait pour sa facture académique et ses couleurs jansénistes. Pas « austères », ni « sombres ». Jansénistes. Sors de ton cadre, va dans une zone où tu te perds. Et là, peut-être que tu feras quelque chose d'intéressant.

L'écriture ne m'apporte aucun réconfort.

Depuis le jour où Amedeo m'a kidnappée sur le boulevard Saint-Michel, je n'ai ouvert ce carnet qu'une seule fois.

Que m'arrive-t-il ? Je me suis laissé enlever dans ce quartier si proche de chez mes parents, où nous aurions pu croiser mamounette ou l'une de ses connaissances de la paroisse, traînant un chariot de courses vide, me dévisageant. En rentrant, elle aurait dit à son mari :

– Depuis que la gamine Hébuterne fréquente cette école de peinture, à Montparnasse, elle est perdue. Complètement perdue.

*

Tout le mois de janvier neigeux, glacial, a passé sans que je revoie Amedeo Modigliani. Je suis pourtant retournée à l'académie chaque semaine.

Les grands gestes qui rythment ses paroles, sa voix d'oisillon, ne m'ont pas manqué. Mais, au milieu de mes nuits, son beau visage me réveillait, et le désir de sa bouche butinant la mienne, l'envie de caresser les ridules autour de ses yeux, de sentir ses mains empoigner mes hanches.

J'ai cru apercevoir Chaïm Soutine, son corps brusque et ses bras qui moulinent l'air, rôder autour de la boutique de papa. De la fenêtre ouverte de ma chambre, il m'a semblé l'entendre marmonner des rimes.

– De l'extrémité turgescente de sa verge, il saura faire rougir la vierge.

Avait-il été mandaté pour me suivre à nouveau ?

– Et je dirai même mieux, moi le juif de Smilovitchi, le miséreux, le tourmenté, moi qui comprends *nada* à la langue de Racine, oui, je dirai beaucoup mieux : De l'extrémité turgescente de sa verge, il saura faire rugir la vierge.

Mais il s'agissait juste d'un clochard ruminant les poubelles, claudiquant de porche en porche, maigre et noir de suie, comme ceux que je dessine pour le livre de Neel Doff.

*

Ce matin, une carte postale.

Mamounette y jette un œil. L'écriture n'étant pas celle ronde et appliquée de son aîné, elle me la tend sans même la lire. Tout ce qui compte pour elle, ce sont les nouvelles de son André chéri.

Depuis le début de la guerre, je n'existe plus. Injonction non dite à disparaître encore plus qu'avant, à me fondre dans le quotidien silencieux, tranquille, enfermée dans ma chambre, rue Amyot ; travailler ; ne pas errer dans les rues après le couvre-feu. Maman ne veut pas d'histoires, aucun bruit de voisinage comme en provoquent les jeunes filles de la paroisse qui, du jour au lendemain, apparaissent au bras d'un soldat en permission, pas même fiancées, une honte pour leur famille.

La carte présente une vue de la tour Eiffel en construction, le genre de photographie qu'envoient les touristes dans leur pays pour dire, exaltés et fiers, « J'y étais ! À Paris ! »

Bonjouir Monstre ! Rejoins-nous, moi et ma troupe de détraqués, au carnaval du bal Bullier. AM

PS : mercredi 22 h

Je la glisse dans la rainure en cuivre de ma coiffeuse à côté des missives de mon frère.

– André, Amedeo. Amedeo, André.

Je fais les présentations.

– Pour vous, je pose mon cœur vermillon sur la table. Oreillettes et ventricules, veine cave, aorte... Viande rougeoyante, exposée pour être mangée. André, pardonne-lui de ne pas être dans les tranchées avec toi : monsieur est malade des poumons, bronches dilatées qui s'emplissent de particules et lui crament le thorax. Tu ne lui trouves aucune excuse. Dommage. Il n'est ni pacifiste ni antimilitariste. Il a voulu faire la guerre dans la Légion mais la Légion n'a pas voulu de lui. Amedeo, voici un peintre de tout premier ordre : mon frère. Méconnu, certes, mais ses toiles de petit format, ses vallons, tous ses paysages à la gouache, valent le coup d'œil. Je lui reproche juste d'être campé sur des certitudes esthétiques.

Jusqu'à ce qu'il parte à la guerre, André me traînait au Louvre deux fois par semaine, m'achetait des monographies de Chardin et de Rembrandt, des peintres de toutes les époques, de tous les styles, mais du classique, rien que du classique.

Je faisais semblant de les lire le soir.

Je regrettais qu'il ignore l'essor des impressionnistes, le pointillisme. Seurat, Monet, et même Cézanne, il n'en parlait jamais. Il allait dans les salons, dans certaines galeries de la Rive droite, mais en revenait muet.

Je continue mon monologue, comme s'ils étaient là, près de moi, tous deux assis sagement sur le lit de mon frère, à m'écouter, à m'admirer.

– Non mais quel cafard... André n'éprouve aucun intérêt pour les contemporains, à part sa sœurette qu'il a emmenée de force à l'académie Colarossi. Moi je me serais bien contentée de rester à la maison. Me confronter au monde m'a toujours plongée dans l'angoisse. Les fauves ? Le Douanier Rousseau ? Matisse ? Pour lui, ils n'existent pas. Il n'a pas digéré la révolution des couleurs, les grands aplats et les déformations anatomiques dont tu parles dans tes cours. Les visages torturés de Soutine, ses natures mortes où la viande dégoutte de sang, ça le ferait vomir.

– Avec qui discutes-tu, Jeannette ? interroge maman depuis la cuisine.

– Tu m'as entendue parler ?

Je reprends la carte, examine l'écriture hésitante d'Amedeo Modigliani.

Étrange invitation.

Le carnaval de Paris a été annulé trois années de suite, pour cause de guerre. Tous les ans, à la même époque, les journaux font leur manchette en lettres grasses. Les éditorialistes expliquent qu'à l'arrière, on ne peut plus s'amuser, danser, boire, rire ni chanter. « La fin de l'innocence ne se célèbre pas dans les flonflons. » Nous devons le « plein soutien » à nos soldats et à leurs familles endeuillées.

Quant au bal Bullier, il est devenu un dépôt de munitions depuis l'automne 1914.

Je relis la carte.

Bonjouir Monstre! Rejoins-nous, moi et ma troupe de détraqués, au carnaval du bal Bullier. AM

PS : mercredi 22 h

Je rédige deux réponses, reflétant mon trouble.

Oui ! Avec un grand grand plaisir ! JH

(Cette répétition enfantine de l'adjectif me désole à l'instant où je me relis.)

J'aime peindre, rire, me promener seule dans les bruissements de la forêt, dormir à la belle étoile, dans le jardin de Galluis ou au bord de l'Ellé, pendant nos vacances en Bretagne. Mais je déteste le bruit des fêtes, les gens hors d'eux qui crient et gesticulent. Alors non, je ne viendrai pas. JH

En vérité, que sais-je des fêtes ? Il m'est arrivé de m'amuser un peu dans des fest-noz, en été (avec maman toujours là, assise sur un banc, à m'attendre, à m'épier). Mais, je n'en connais rien que ce qu'on lit dans les journaux. « Cette dépravation qui nuit à nos soldats, y pensent-ils, ces étrangers, ces germanophiles qui dansent sur les déchirures de notre patrie ? »

Je signe « JH », comme je le fais sur toutes mes toiles, en majuscules, car je ne veux pas qu'on m'identifie comme femme peintre.

J'aurais horreur d'une quelconque remarque concernant le fait que je ne suis pas un homme ; que des critiques, des marchands ou des acheteurs, si mon travail les intéressait un jour, suggèrent que j'exprime une « esthétique féminine ».

Et puis, pour l'instant, je ne suis personne. Je ne suis que ces initiales, JH, cela me va très bien ainsi.

Je fouille dans mes cartons pour trouver un bristol, n'y déniche que du papier à en-tête de la mercerie « Achille Hébuterne », quelques cartes postales – mais laquelle choisir ? Cette vue de Cluny ? Le clocher de Quimperlé où nous passons nos mois d'été ? L'Ellé qui s'écoule entre les arbrisseaux et les baies penchés ? Un de mes dessins ? Rien ne me convient.

Je ne réponds pas à Amedeo Modigliani.

Mais, le soir même, je confectionne un costume d'Indienne, à partir de morceaux de tissus mordorés et de peau zébrée, que papa a rapportés du marché Saint-Pierre.

*

L'échelle murale extérieure est réservée aux ramoneurs et aux pompiers. Elle est bien trop éloignée de la fenêtre de ma chambre. Je ne peux pas l'atteindre, même en me penchant et en tendant le bras, depuis le parapet.

Je n'ai jamais eu le vertige, mais j'abandonne l'idée de m'échapper du domicile familial par cette voie.

J'attends que les parents Hébuterne soient couchés, d'entendre le ronflement régulier de papa et le grincement du sommier quand maman se retourne, corps replié, tête contre le mur.

Je rallume ma lampe de chevet. Par-dessus la chemise de nuit aux bordures dentelées, j'enfile mon costume à franges, des chaussettes à grosses mailles et des gants en laine. Je ceins ma tête d'un large bandeau derrière lequel je glisse une plume teinte en jaune vif.

Sur mes joues je peins trois traits avec le tube de rouge à lèvres dont mamounette ne fait plus usage depuis qu'André est parti sur le front.

Je suis prête. Je ferme la porte de ma chambre et glisse sur le parquet.

Un fantôme.

J'abandonne ici mes craintes de petite fille.

Me voilà Sioux dans les montagnes désertes de l'Amérique, défiant les dangers de la nuit hivernale.

Me voilà libre.

Je dévale les cinq étages, cours en direction de la rue Joseph-Bara sans regarder où je pose les pieds. Une flaque d'eau inonde mes bottes. Chaussettes trempées. Je glisse sur une plaque de verglas, me rattrape à un mur crasseux, m'arrête un instant à l'angle du boulevard Saint-Michel et de la rue de l'Abbé-de-l'Épée.

Pas un chat, pas un militaire, juste le calme trouble du couvre-feu.

Les platanes du jardin du Luxembourg tanguent dans la nuit. Je respire profondément, buée glacée, souffle sur mes doigts engourdis. Allez !

J'arrive rue Michelet quand – vision spectaculaire – je croise un arlequin, un Napoléon, un vampire porté dans son cercueil capitonné, une femme en costume de bain. Un toréador. Un Asiatique en robe de bal. Un homme complètement nu transporte sur son dos une cage immense dans laquelle une demoiselle revêtue d'un vison imite le chant du canari.

Ils déambulent, serrés les uns contre les autres, le long des jardins de l'Observatoire et de la faculté de pharmacie. Ils se déhanchent au son sourd d'un tam-tam.

On me tend une bouteille de vin d'où s'écoule une liqueur douceâtre.

– Avale ce sang suave, jeune fille. Et surtout, baise ! Baise ! Tu as l'éternité pour dormir.

Derrière la troupe, marchant droit dans sa gabardine noire, le visage dissimulé derrière un masque africain, Amedeo déclame :

– *Je suis le ténébreux, le veuf, l'inconsolé, le prince ressuscité à la peine abolie.*

Il s'approche de moi, mime de couper mon cou avec une faux, celle-là même que la mort arbore quand elle vient chercher son dû.

Il retire son masque.

Son teint pâli par le talc et ses yeux noirs soulignés de khôl lui donnent un air morbide, celui de ces défunts outrageusement maquillés, allongés, les mains en croix, auxquels on embrasse le front avant leur mise en bière.

– Les bruits, les couleurs, tout est étrange ici, murmure-t-il, les codes de bonne conduite, les odeurs, le style de ces gens, les toits pleins de givre, la lumière tassée de l'hiver. On peut avoir deux, trois, dix vies, comme les chats, une vie publique à crédit et une vie cachée à l'abri des regards. Qui peut dire ici qu'il me connaît vraiment ? Qui peut oser l'affirmer parmi tous ces amis ?

Il me les présente.

Moïse Kisling, l'homme nu qui transporte la femme-oiseau, fils d'une famille riche de Cracovie, peintre. Il habite une maison avec des domestiques. Plus riche que Picasso. Râblé, il arbore une coupe au bol. Des sourcils noirs fournis se rejoignent sur l'arête du nez. Le teint est mat. Je me force à fixer son visage, et seulement son visage, pour ne pas voir le reste, la panse, les poils drus sur le torse, le sexe pendant entre ses cuisses, les testicules, le contour des fesses dodues, ni le harnais en cuir qui maintient la cage et cisaille sa peau sous les aisselles. Ne pas voir, ne pas voir. Jamais vu, un garçon entièrement nu, avant ce soir, pas même André.

Max Jacob, le soldat napoléonien.

Blaise Cendrars dans un costume de clown. Un bras perdu à la guerre.

Picasso, pas déguisé, l'air de mauvaise humeur. Cocteau, en arlequin, qui lui fait du gringue. Il rêve d'être sa petite muse masculine.

– Mais Picasso s'en fout car il s'en fout des autres, je ne sais même pas pourquoi il se déplace encore quand on l'invite.

Cheveux noirs, peignés en arrière du crâne, André Breton dissimule son visage derrière un masque grimaçant et marche, une faux au bout du bras, lentement, avec la grâce d'un danseur.

Neptune boiteux, Chaïm Soutine pique les fesses des dames à l'aide d'un trident. Il grimace et poétise :

– Je pourrais chatouiller ton cul… avec mon sexe énorme et pointu.

Amedeo lèche un à un les trois traits de rouge à lèvres sur ma joue. Un frisson zèbre mon dos. La peau fine de mon buste se marbre de plaques roses.

– Mais il manque ce soir le plus grand poète de tous les temps : Apollinaire. Il ronfle au Val-de-Grâce. Il nous reçoit dans sa chambre en uniforme, toujours aussi engagé pour notre patrie, prêt à repartir demain se faire griller au champ d'honneur. Moi, je vois bien qu'il cloche depuis qu'il a été trépané. Je l'aime. Je l'aime et il cloche ! Et je t'aime toi aussi.

Il enserre ma nuque entre ses doigts.

– Mais est-ce que tu cloches, petite fille ? Tu dois bien clocher à un endroit de ton cerveau pour que mon cœur tire à ce point.

Ma main agrippe la ceinture de sa gabardine.

– Bois, Hébuterne. C'est un ordre.

Je sirote au goulot, moi qui n'ai jamais bu une goutte d'alcool avant ce soir.

De sa faux, Amedeo me désigne un visage rond, coupe au carré, si bien que je le prends d'abord pour un de ces éphèbes qu'aiment fréquenter certains artistes.

– Une des plus incroyables fifilles de Montparnasse, Kiki. Complètement déglinguée ! Une de ces abandonnées à la naissance, toujours à la recherche du grand amour… Et maintenant, Jeannette, ne t'arrête plus de boire, sinon, tu vas attraper la mort.

Il tend sa faux vers le ciel.

– Tu m'entends ? Tu vas attraper la mort !

Depuis sa bouche entrouverte comme celle d'une gargouille, il éjecte du rhum dans la mienne. Et me tend sa cigarette dont le papier roulé est trempé de salive. Dans ma main, toujours le cordon de sa gabardine parce que j'ai peur de le perdre.

Devant le bal Bullier, on a dressé des tables et fixé des lampions multicolores aux réverbères. Une pancarte défie le couvre-feu : « Merde aux soldats, merde à la guerre, merde aux morts et à la patrie enchaînée ! »

Kiki grimpe sur une table, embrasse la femme au vison à pleine bouche. Elle se déhanche et se déshabille.

– *I am Kiki ! Kiki from Montparnasse and from a little village of Bourgogne... You know the Beaujolais...*

Elle fait son numéro.

– *Yes, my name is Kiki. I don't speak good English, but* assez pour coucher avec *the rich Americans* qui se pavanent à la terrasse *of the Rotonde.* Jamais pour *the money*, toujours pour l'amour. Voulez-vous coucher avec moi ? *I love the cow-boys. And* surtout, *I love* l'amour.

Elle se caresse avec un lasso, sous les sifflets et les applaudissements, avant de disparaître au bras d'un homme-fantôme (ou est-ce une femme cachée sous le voile blanc ?) par les ruelles qui mènent au Val-de-Grâce.

Je ne sais pas combien de temps nous restons là. Des gens, aux fenêtres, grondent et crachent. Ils nous balancent des œufs, l'eau souillée de leurs pots de chambre.

Les mains en cornet sur la bouche, Amedeo leur crie :

– Nous sommes les noctambules, les nyctalopes, les somnambules… Nous sommes les adversaires des bourgeois encalminés dans leurs chemises de nuit. Nous troublons votre sommeil puant l'haleine calcifiée.

L'alcool me préserve du froid.

Mais tout bouge. Les pavés volettent comme des milliers de feuilles mortes. Les platanes me dévisagent de leurs grands yeux écarquillés. Leur peau s'écaille et pèle. Bientôt leurs troncs seront complètement décharnés. Il ne restera que des branches nues accrochées aux étoiles.

Devant La Closerie des Lilas, le maréchal Ney a disparu. Volatilisé, le bonhomme en bronze. Reviens, prince de la Moskova. Je n'ai plus personne à qui parler.

Je m'affale sur un banc, hébétée. La femme au vison s'assoit à côté de moi. De son manteau entrouvert jaillit un sein rond dont le mamelon est tendu sous l'effet du froid. Plusieurs chapelets sont enroulés autour de son cou. Sur chaque grain, Marie : Marie enceinte assise sur un âne ; Marie portant un nourrisson, Jésus, entre ses bras ; Marie qui scrute le ciel, un halo doré au-dessus des ses cheveux blonds.

La femme susurre :

– Il est beau. Il est magnétique. Des traits d'une pureté de race étonnante, une vraie tête de Romain. Il te plaît, notre Modi, ça se voit. Il t'envoûte. Tu devrais cesser de le regarder et coucher avec lui. Oui, couche avec lui. Il fait l'amour comme un dieu.

Elle passe son index autour de ma bouche.

– Tu es botticellienne. Ça doit lui plaire, ce physique particulier.

Le long de mon nez.

– Rectiligne... Gracieux... Couche donc avec lui. Qu'est-ce que tu attends ?

Je me sens si gênée.

Chez moi, personne ne parle jamais de ces choses-là. Les Hébuterne sont coupés en deux. Il n'y a que la partie haute qui compte, le cerveau pour réfléchir, les mains pour peindre et écrire, écrire éventuellement.

Juste une fois, André a touché mon entrejambe, c'était un geste furtif, mais il a énoncé ces paroles définitives :

– Renonce et ce sera ta liberté. Seules les bonnes sœurs sont libres car elles sont chastes.

Les autres femmes, toutes les autres femmes, dépendent de leurs fluides.

J'avais dix ans, et moi, la nuit, j'attendais que mon frère dorme pour, sous le drap, palper, enfoncer mes doigts, respirer l'odeur suave et chaude. Elle m'a toujours fait un peu peur, cette cavité.

La femme au vison continue de m'ausculter.

– Visage laiteux, beauté biblique, beauté orientale. Tu es encore un bébé dans les jupons de ta maman. Sous les mains de Modi tu deviendras une vraie femme. Tu as peur du sexe ? Laisse-le faire. Tu ne le regretteras pas. Mais ne sois pas trop possessive... Il échappe à toutes celles qui en tombent folles.

Un pierrot course un arlequin, le gifle. Une femme en suite de bain arrache la montera du toréro.

La voix d'Amedeo fuse :

– Tout le monde s'escarmouche, ça finit toujours comme ça. En *Scaramuccia* !

La femme au vison s'est évaporée.

Peu à peu mes membres s'engourdissent. Je m'efface, et la voix de mon frère me parvient, lointaine et assourdie.

Mais que fais-tu dans ce bordel à ciel ouvert ? Rentre tout de suite à la maison. Crois-tu que je m'amuse, moi ? J'attends le glas. Sais-tu qu'après chaque bataille livrée, je m'étonne et me réjouis de redescendre vivant dans la pénombre, avec mes amis les rats, les cafards, dans l'eau saumâtre et la puanteur ? Et toi, tu bois, tu joues et tu danses, tu t'amouraches d'un petit juif sans talent. Honte, sœurette.

André m'apparaît couvert de glaise, trempé, dans un boyau froid et boueux. Sa bouche se tord. Ses mains sont noires de terre mêlée à du sang qui n'est pas le sien, et à des résidus gluants, des morceaux de cervelle.

Il disparaît aussi soudain qu'il s'est manifesté.

Je vomis dans le caniveau.

Chaïm Soutine larde mes fesses de coups de trident.

– Tu as bu terne, Hébuterne, tu as bu terne !

Il pique mon buste.

– Hé, petite fille, hé, petite fille, allez, ouvre tes yeux. T'endors pas, sinon la camarde... La camarde abusera de ton mistigri.

Je scrute la peau grenelée de son visage, son nez épaté. Amedeo le chasse. Ouste, brigand !

– Viens, on file au chaud.

Il me soulève et me hisse sur son épaule, m'emmène par la rue d'Assas. Les porches des immeubles défilent à vive allure. Leurs volets se gondolent et dégoulinent sur les façades. *La Maternité heureuse* au frontispice de l'hôpital Tarnier a disparu comme tout à l'heure, le prince de la Moskova a quitté son piédestal, m'abandonnant à la solitude et la nausée.

J'ai envie de hurler. Mon frère ! Je dois rentrer à la maison ! Tout de suite ! Raccompagne-moi chez papa et maman.

Mais aucun son ne sort de ma bouche.

*

Ô *sister*, j'aimerais sauver ton âme mais elle galope. Tu semblais si sage quand tu t'endormais dans mes bras à Galluis. Même quand nous nous battions à nous désosser, prêts à nous massacrer pour une peccadille, les griffes jaillies des mains et la haine étincelant dans nos yeux, tu me paraissais si douce.

Et maintenant que vois-je ? Une dépravée. Une traînée. Une ivrogne dans les bras d'un homme de quinze ans son aîné. Tes pupilles ont perdu leur éclat bleuté, elles sont devenues liquides.

La voix de mon frère, toujours, insistante.

Papa dort en paix. Il a le sommeil facile. Tu te souviens, cela nous amusait quand nous étions enfants. Nous pouvions tirer sur sa barbe, chahuter près de son lit, chanter à tue-tête. *Dansons la capucine, y a pas de pain chez nous !* Rien ne le sortait de sa torpeur.

Mais maman sursaute toutes les nuits en imaginant mon triste sort de soldat alors que, de lettre en lettre, je m'acharne à lui mentir. Je lui raconte des histoires.

Les cafards et les punaises courent le long de nos lits de camp, mais nous sommes bien nourris, mamounette, ne t'en fais pas. Nous partons au combat le ventre plein, c'est déjà pas mal.

Les Boches ne nous laissent aucun répit, à vrai dire, mitraillant leurs balles rikiki, pétaradant pour de faux, parfois juste pour nous effrayer. Mais nous sommes bien mieux armés, et rien à dire sur l'intelligence inouïe de notre état-major... Vive notre patrie ! Vive la France !

L'autre jour, j'ai abattu un soldat qui rampait vers notre tranchée, c'était la nuit, j'étais de ronde. Je n'ai pas hésité. Bam, entre ses yeux cruels. En deux balles, j'ai sauvé mon unité d'un carnage. Je serai bientôt de retour, avec quelques médailles. Tu pourras être fière de ton fils.

Dans toutes ses lettres, sans exception, maman me soupçonne de la duper.
Je te connais bien, mon Dédé. Je sais que tu me mens pour me préserver. Que Dieu te garde.

Elle a raison. Ma réalité est bien pire que ses pires cauchemars. Quant à mes actes de bravoure, ils se limitent à cette peur de crever qui me tord les boyaux. J'ai beau croire au paradis, sentir vibrer le Christ dans mon cœur et savoir Son immense miséricorde. J'ai beau réciter un Notre-Père, chanter à tue-tête *Salve, Regina, mater misericordiae. Vita, Dulcedo et spes nostras, salve*, avant chaque assaut, *Ad te clamamus, exsules filii Hevae*, rien ne tempère mon épouvante à l'idée qu'on va se faire équarrir. Équarrir, pas d'autre mot. *Ad te suspiramus, gementes et flentes in hac lacrimarum valle.*

Si tu voyais ce que je vois. Si tu entendais ce que j'entends. Si tu sentais ce que je sens. « L'odeur du sang humain ne me quitte pas des yeux » : ce vers d'Eschyle hante mes nuits, mes jours, et les moments entre-deux où je me crois déjà mort, au fond d'un tombeau que personne – pas même toi – ne viendra jamais refermer.

Je ne sais plus comment faire cesser mon frère. Sa voix m'enveloppe, doucereuse, et me pourchasse. Tais-toi, André, tais-toi.

Maman ne peut suspecter une seule seconde que sa petite fille lui échappe, à la nuit tombée, et se pâme, et se donne dans des râles de putain. Les parents te font confiance, Jeannette. Ils te pensent sagement assoupie sous les draps de notre chambre. Ils sont aveugles.

Et toi, toi, tu t'obstines à briser notre lien depuis que tu as croisé cet enlumineur de pacotille.

L'écho des paroles de mon frère me parvient jusqu'à l'atelier de la rue Joseph-Bara où m'entraîne Amedeo.

Tu m'écoutais autrefois.

Tu ne m'écoutes plus.

Tu te trompes de vie, Jeanne.

Je prie à haute voix ma bonne sainte de Lisieux pour que tu reviennes à la raison. Mais si tu t'entêtes à suivre ce petit juif, c'est moi qui viendrai te chercher. C'est moi qui te claquemurerai à Ville-d'Avray ou qui t'emmènerai chez les Petites Sœurs de Marie, à Galluis.

As-tu un seul instant pensé à la grosse faute ? Celle dont on ne parle jamais. Maman est bien incapable de parler de ça. La grosse faute. Celle qui plongerait les Hébuterne dans une honte rougeoyante, pour les siècles des siècles. J'empêcherai ce drame. Ta tête rasée sous le voile. Ton corps enfermé entre les murs d'enceinte rehaussés de piques en ferraille rouillée. Je ne viendrai pas te rendre visite, ni Achille Hébuterne toujours si prompt pourtant à défendre sa fifille, ni Eudoxie Hébuterne. Et ton Modigliani d'opérette t'oubliera dans les bras d'autres débauchées.

– Je ne reviendrai pas, André !

Amedeo me dépose devant la porte de l'atelier de Zborowski. Je tangue, je trébuche. Je répète en criant :

– Je ne reviendrai pas, André ! Laisse-moi !

– Qui est cet André ? Tu as donc un fiancé, jeune fille ? Pour moi qui te pensais libre... quelle nouvelle misérable.

*

Amedeo m'allonge sur le divan.

Mon visage entier est entre ses mains.

– Eh bien, c'est moi ton fiancé maintenant.

Il retire mes chaussettes pleines d'eau, mes gants, et souffle au creux de ma nuque un air liquoreux – cognac, éther.

– Oublie les murs de l'atelier. Oublie le bal, le brouhaha, ferme les yeux... et regarde à l'intérieur de toi.

La chaleur du jardin à Galluis, au début de l'été. Je suis allongée contre André. L'herbe haute caresse mon buste dénudé, mes épaules d'où tombent les bretelles lâches d'une robe aux motifs fleuris. C'est la fin du mois d'août 1912. Ciel d'une pureté absolue. La moiteur scelle nos peaux. Mon frère promène sa main de mon crâne jusqu'à la pointe des cheveux étalés dans le bas de mon dos.

Il ne portait pas la moustache à l'époque. Il avait encore son air de jeune homme.

Nous nous étions cachés près d'un bosquet, entre la clôture et la rivière en contrebas.

– André, où es-tu ? André !

Maman s'est toujours fait tellement de souci pour son fils que des rides ont raviné la peau de son visage, bien avant qu'elle n'atteigne quarante ans. Elle a l'air d'une vieille dame malgré sa démarche souple et sa gorge haute.

– Il a laissé pousser sa moustache après sa première permission, quelques semaines après son départ… Il n'a plus la même tête, les oreilles dégagées, le cheveu ras.

– Chut.

– Il est si sérieux sur la photographie qu'il m'a envoyée. Ses prunelles ont terni. Il regarde au loin, on ne sait pas trop où. Il est bien là, massif, mais il a l'air perdu. Il a l'air… aveugle.

Les lits militaires sont faits au cordeau, des torchons sèchent sur un fil, un pot d'encre et des feuilles volantes sont rangés sur le bureau. André est assis, les mains sagement posées sur la table.

– Je n'aime pas ce cliché, ce n'est plus lui. Je ne savais pas qu'on pouvait changer à ce point.

– Oublie ton petit fiancé.

Je m'endors quelques minutes. La voix coulante d'Amedeo Modigliani me berce. Il caresse mon visage, comme la femme au vison plus tôt dans la soirée, autour de ma bouche, le long de mon nez.

Je me relève d'un bond.

– Arrête ! Je dois rentrer à la maison. Tout de suite.

Il me tend un pull-over taché de peinture brune, D'accord, va-t'en. Mais au lieu d'enfiler le vêtement, je me débarrasse de mon costume à franges, de la veste, de la jupe.

Je m'effeuille.

Le tissu mordoré et la peau zébrée se froissent par terre. Je les piétine. La chemise de nuit à bordures dentelées dévoile mes cuisses. Je la remonte sur mon ventre et la retire d'un geste sec.

Voilà mon corps.

Voilà mon corps si semblable dans ses formes à une amphore de terre cuite, ce corps qui le plus souvent m'encombre et dont j'ai honte d'habitude, entièrement nu, tel que je ne le montre jamais à personne, pas même à mamounette, tel que je ne le regarde jamais.

Un mouvement circulaire du ventre, les fesses exhibées : je suis tout entière accaparée par mes sensations. Un air frais parcourt ma peau. Mes bracelets tintent aux poignets, petite musique qui accompagne chacun de mes gestes, les bras lancés en avant, puis en arrière.

J'oublie la lourdeur de mes seins et de mes hanches, mes genoux cagneux. Ma légèreté maintenant m'étonne. Je danse, jambes dépliées telles les pattes fines d'un échassier.

Amedeo attrape mon bras, *Un amour infini me monte dans l'âme.*

Je m'assois sur ses genoux. Je me recroqueville.

Ne me touche pas davantage, Amedeo, j'ai peur de tes mains sur ma peau, du désir qui tord le ventre, de nos voix qui vibrent, il faut que je parte, j'ai peur de tes mots, laisse-moi rentrer chez mes parents, je ne veux pas m'endormir, trop peur de me réveiller folle de toi.

J'ouvre les yeux, je lutte.

L'atelier m'apparaît nettement.

Des tentures colorées pendent du plafond.

Quelques sculptures nègres, des cariatides coupées de leurs colonnes, ornent les étagères.

Des toiles de différents styles sont accrochées aux cimaises.

Le corps d'une femme nue allongée dans une baignoire.

Un sous-bois en automne, piqué de rouges et de bleus.

Un collage de Picasso (ou bien est-ce de Juan Gris ?).

Plusieurs dessins de Modigliani sont épinglés aux murs, des portraits de femmes esquissés d'un trait confiant, comme celui qu'il a fait de moi à la fin de décembre. Elles sont charnelles, bien vivantes sous mes yeux, mais hors du temps, soustraites à leur quotidien.

Amedeo jette sur mes épaules une couverture en laine et me pousse sur le palier.

La nuit est moins noire qu'aux heures du carnaval.

Je vole.

Je vole, transportée par mon audace.

Je ne sais pas quelles rues j'emprunte pour rentrer.

Il est presque six heures quand je passe le porche de notre immeuble, rue Amyot. La devanture de la mercerie n'est pas encore allumée.

Je croise une silhouette dans le miroir de l'entrée. Je sursaute, pensant qu'il s'agit de la gardienne ou de mon père sur le point d'ouvrir sa boutique par la porte de service.

Mais ce n'est que moi, Jeanne Hébuterne, née le 6 avril 1898 à Galluis, re-née dans la nuit du 16 février 1917 sous le regard d'Amedeo Modigliani.

Jeanne Hébuterne.

Mon reflet se dilate, disparaît, revient. Mes paupières se ferment seules. Je pourrais bien m'endormir dans le hall, debout contre les boiseries murales. Je réussis à grimper les cinq étages, à rejoindre ma chambre. Je m'écroule sur le lit, tout habillée. Le sommier grince sous mon poids. Je lui parle à voix basse, Tais-toi ! Tais-toi ! Que les parents restent encore un peu dans leurs rêves. Motus. Qu'ils continuent de croire que je suis leur gentille petite fille, pucelle terrifiée par les choses du corps.

Ils se réveilleront bientôt, avaleront un fond de café et du pain bis sans beurre, debout dans la cuisine. Ils ne remarqueront pas que cette nuit m'a emportée loin d'eux, loin d'André, loin des désirs qu'ils formulent sans cesse pour moi.

*

Plusieurs mois ont passé.

Nous nous sommes vus presque tous les jours.

Amedeo Modigliani me convoque à La Rotonde.

Il y siège en prince, servi en alcools avant même de commander. Il dessine sur les nappes, provoque ses voisins de table, commençant toutes ses phrases par « Vous, les bourgeois ! », urine sur les escarpins des dames.

– Moi, je ne suis ni ouvrier ni patron. Je suis libre car l'artiste est libre et mène une vie exceptionnelle.

Il prêche, entouré d'amis et de femmes qui se volatilisent dès qu'ils me voient.

– Tu l'as viré, ton petit chéri ?

Je lui certifie qu'André est mon frère mais il me demande, le jour suivant :

– Alors tu l'as limogé ? Et sans aucune peine j'espère.

Et la fois d'après encore :

– Jure-le-moi, et maintenant crache, crache, que je voie dans l'écume de ta salive si tu dis bien la vérité.

Je le retrouve parfois dans l'atelier de Zborowski.

Il peint. Il monologue. Il semble jouir de cette langue apprise avec sa mère à Livourne, mais qu'il parle couramment depuis qu'il est venu vivre à Paris, il y a une dizaine d'années.

J'avais alors six ou sept ans. Déjà, je me murais des heures dans un silence ouaté. À quoi, à qui voulais-je donc échapper ? Mon mutisme a toujours beaucoup inquiété maman. Elle a questionné notre médecin de famille, plusieurs pédiatres, des neurologues, le curé de Saint-Jacques-du-Haut-Pas, jusqu'au jour où papa lui a dit :

– Jeanne, elle est comme ça.

Comme ça.

Elle n'a plus jamais attendu de moi que je m'époumone et sautille comme les autres enfants de mon âge dans les squares et la cour de récréation. Je confectionnais des vêtements pour mes poupées. Je dessinais. J'imitais mon frère, qui, le dimanche, s'isolait, dans le jardin de Galluis, pour peindre ses petites aquarelles.

Amedeo discourt avec exaltation.

Il regarde à l'intérieur des gens, lui.

Il n'est ni fou ni idiot. Il est voyant.

Il faut exploser le cadre, tripatouiller, fouiller derrière la chair, les viscères, racler, gratter derrière *La Leçon d'anatomie* de Rembrandt et l'âme de *La Vénus au miroir* de Vélasquez.

Il retire le sang et les entrailles. Trop cru pour être honnête. Il ajoute un masque africain à la place du visage, et les poils... Les poils... L'odeur musquée des femmes ne lâche pas ses tableaux. Il veut restituer cette fragrance charnelle qu'on ne respire qu'au cul des dames, dans le sexe et l'abandon. Et surtout, surtout, enlever le décorum. Rien à foutre du décorum, de tout ce vacarme académique.

Moi, je ne conçois pas de peindre un portrait sans le situer dans son contexte... J'ai besoin d'imaginer où vivent mes personnages, à quelle époque, ce qu'ils boivent, ce qu'ils lisent, quelle musique ils aiment. Schumann ou Beethoven. Fument-ils des moitiés de Toscano comme mon frère ou préfèrent-ils chiquer ?

– Tu étais là, Hébuterne ? Je ne t'avais pas vue.

Et même, je veux savoir dans quels magasins ils vont faire leurs courses. Ça ne veut pas dire que cet attirail apparaît sur mon tableau.

– Reviens demain. Tu me montreras ton travail.

Il me congédie sans m'embrasser.

Parfois, Amedeo me rejoint dans les allées du Luxembourg. Près de lui, tout s'illumine d'une lumière jaune orangé, comme si je n'accédais plus aux tonalités lactescentes qui nimbent mes propres tableaux.

Nous marchons le pas de l'un dans celui de l'autre, au même rythme, silencieux. Soudain, il accélère à grandes foulées, m'entraîne dans sa course, derrière un bosquet, pour dévorer mon visage ou soulever ma jupe et caresser mes cuisses.

Je le laisse faire.

Aucune lutte possible.

Jamais, je ne songe à la « grosse faute », à cette ignominie qui me jetterait entre les mains d'une faiseuse d'anges de la place Pigalle, une gorgone qui peut-être me tuerait. Un coup d'aiguille à tricoter dans les viscères, et je me viderais de mon sang. Ce serait fini. On rapporterait mon corps d'albâtre à papa et maman. Ils mourraient de chagrin sans attendre le retour d'André.

Amedeo ne semble pas y penser lui non plus. Nous n'en parlons jamais.

Je le laisse faire.

Il m'emmène dans un hôtel du boulevard Raspail ou de la rue Sainte-Beuve. Le réceptionniste le connaît bien, Bonjour, monsieur Modigliani, pour vous la chambre bleue. Pour vous la mansarde étoilée. Pour vous la suite style

Empire, tentures de velours bordeaux, lit à baldaquin. Cette dernière quand il a reçu un mandat de Livourne.

Dans les escaliers, plus une parole, juste nos souffles.

Je deviens lui, il devient moi, sa salive, ma salive, mon sang, son sang. Nos chairs finissent par se confondre, sa bouche dans la mienne, nos peaux en fusion. Son souffle se fait rauque, saccadé, au creux de mon oreille, comme s'il respirait à travers mes bronches.

La chaleur irradie mon corps longtemps après m'être lavée dans la bassine en fer derrière le paravent.

Alors je sens que, pour un instant, je ne suis plus une Hébuterne, coupée en deux, la partie haute de mon corps asphyxiant la partie basse. Je suis un corps. Je suis sienne.

Un désir fou a vaincu ma mélancolie.

J'ai réussi à éloigner la mort.

Je vis à toute allure.

*

Parfois, simplement, je m'endors, le visage tourné vers l'oreiller comme pour me protéger de son regard. Ma bouche s'entrouvre, ma respiration devient plus ample. Les allées et venues dans le couloir de l'hôtel, les bruits de la rue, rien ne me réveille.

Cela peut durer des heures.

Mon souffle s'accroche au sien. Je sais qu'Amedeo ne dort pas. Il tente de restituer la couleur miellée de ma peau, l'ourlé de mes lèvres, mes seins gibbeux, mon relâchement enfantin entre les draps.

*

Je sèche les ateliers de l'académie pour le retrouver.

Je raconte à mes parents que je travaille avec des camarades à un projet patriotique, une fresque murale sur la naissance de la Troisième République, une commande de l'Assemblée nationale.

Quand papa me questionne, j'abonde (et ce n'est pourtant pas mon genre, je suis plus prompte, d'habitude, à me réfugier dans le silence). Je donne des détails sur les visages et les silhouettes sévères de Thiers, Clemenceau, Gambetta et Ferry. Je renchéris sur l'écrasement de la Commune, les scènes de massacres et la palette de rouges dont nous faisons usage. Je brode sur les emprunts à Delacroix dont nous reproduisons *La Liberté guidant le peuple* en y collant des drapeaux tricolores, à la manière de certaines toiles cubistes.

– C'est très nouveau pour toi, ce style, ces sujets, me fait remarquer papa.

Je coupe court.

Mais je laisse traîner sur le billot, dans la cuisine, des croquis esquissés à la va-vite, plusieurs ouvrages sur la Commune et des souvenirs inédits du maréchal Mac Mahon.

Je suis devenue une petite menteuse.

*

Les journées sans Amedeo me paraissent interminables.

Rue Amyot, rien ne bouge d'un millimètre, ni le savon dans son porte-savon en bois sur l'évier, ni les assiettes empilées dans le buffet, ni les casseroles accrochées dans la cuisine. Le livre de l'abbé de Lamennais reste posé sur l'accoudoir du fauteuil où papa s'installe après dîner. Le châle noir de maman est pendu avec les vestes et les manteaux, dans l'entrée.

Tout est bien à sa place, rangé par mamounette chaque soir avant qu'elle aille se coucher. Elle passe un coup de serpillière le matin et, tous les samedis, nettoie l'argenterie, encaustique le parquet. Pas une once de poussière au-dessus des meubles, sous les tapis.

Après ses heures quotidiennes de ménage, elle se pose quelques minutes, frotte ses mains sèches l'une contre l'autre, et dit toujours la même phrase, C'est tellement propre qu'on pourrait manger par terre.

Je suffoque, comme Amedeo suffoque parfois, lui aussi, quand ses bronches se remplissent de pus et le laissent fiévreux et pâle, à bout de vie.

Je m'enferme dans ma chambre pendant des heures, allongée à même le sol. Je regarde le plafond en attendant que quelque chose se passe. Recroquevillée comme un fœtus.

J'ouvre ce carnet, le referme, le rouvre, ne peux rien y écrire d'autre que le prénom de mon amour. Pendant tous ces mois, les mots restent en deçà des vibrations de mon corps. J'échoue aussi, surtout, à dessiner son beau visage, à en laisser une trace dans ces pages pour les jours tristes que je sens venir.

Moi qui ai toujours travaillé sans relâche, je suis soudain complètement désœuvrée.

Vide.

*

Jeune fille rousse, Jeanne Hébuterne. Jeanne Hébuterne au chapeau cloche.

Nu au divan, accroupi, étendu sur un coussin bleu, assis à la chemise.

Des toiles peintes en pleine pâte. Une même gamme chromatique chaude et sensuelle. Des travaux préparatoires esquissés au fusain.

Moi.

Moi exposée, à vif, sur les murs de l'atelier de Léopold Zborowski, jusqu'au plafond. Moi voluptueuse, sur des tableaux posés par terre, sur un chevalet, inachevée. Moi épinglée à même le portrait de Soutine.

Un port de tête incliné. Mes cheveux cuivrés en cascade sur la poitrine.

Je trouve de la grâce dans ce corps auréolé d'une lumière dorée, tel que je ne l'ai jamais vu auparavant.

Je me découvre sous la main d'Amedeo Modigliani.

Mon regard le désire. Ma bouche pourpre appelle la sienne.

Je suis une femme aux yeux azur.

Je suis une femme.

Je tourne la tête à droite, à gauche. Je pivote. Je suis là et là et là, comme dans une pièce où de multiples miroirs renverraient mon image à l'infini.

Léopold Zborowski se tient debout à côté de moi. Il porte un costume gris cintré, une cravate en maille de laine. Une barbe peu fournie vieillit son visage.

Il affiche un air satisfait.

– J'en ai autant au sous-sol de ma galerie, rue de Seine. Pas que de toi, mais beaucoup de toi… Beaucoup.

Son épouse, Hanka, me sert du thé noir.

Elle est élégante dans une robe de tulle beurre frais.

Ils sont tous deux habillés comme les distingués du dimanche, sur le parvis de l'église, à Galluis.

Je suis venue à plusieurs reprises dans leur atelier de la rue Joseph-Bara, mais c'est la première fois que je les rencontre.

Ils vivent ici depuis une année, hébergent des peintres, et une amie, Lunia Czechowska, jeune femme blonde, discrète, dont le mari est au front. Elle pose une main sur mon épaule, me parle en détachant les syllabes comme si elle voulait gommer son accent polonais.

– Qu'as-tu de si différent des autres pour qu'il ne te lâche plus, notre Modi ? Montre-moi ta bouche, laisse-moi toucher tes cheveux… Cette gorge blanche… Tu ne dis rien. Tu ne dis jamais rien ?

Elle aussi, il l'a peinte quelques jours après l'avoir rencontrée. Il l'a d'abord emmenée voir un film de Louis Feuillade. Ils ont mangé chez Rosalie, se sont promenés au Luxembourg. Puis, il l'a entraînée dans l'antichambre d'une galerie, rue Huyghens, pour la dessiner. Quatorze portraits.

– Je ne pouvais plus lui dire non. Moi aussi j'ai failli succomber. Mais coucher avec lui, c'était un peu le perdre. J'ai préféré rester son amie.

L'ai-je perdu, moi ? L'ai-je perdu le soir du carnaval où j'ai dansé nue pour lui, dans les bosquets du Luxembourg lorsque je le laissais caresser mes cuisses, dans les chambres des hôtels où il m'entraînait, déchirait mes vêtements et léchait ma peau grain par grain ?

Je le laissais me prendre, sans jamais dire non. Aucune résistance, aucune force à opposer à son désir.

André m'avait pourtant mise en garde contre les hommes. Pense à ton honneur, à celui de notre famille et n'oublie pas la « chose ». Le pouvoir de la « chose ».

Léopold et Hanka s'assoient l'un contre l'autre sur le divan au milieu de la pièce.

Elle écrit certains de ses poèmes, quand il se lamente d'avoir perdu l'inspiration dans le train-couchettes entre Cracovie et Paris. Elle lui donne les feuillets au petit matin en lui faisant croire qu'il les lui a dictés, ivre, au milieu de la nuit. Il les recopie de sa main, les signe et les envoie en Pologne, où ils sont publiés dans un quotidien.

Les phrases qu'il commence, elle les termine pour lui. L'amour, après de nombreuses années de vie commune, doit ressembler à ce couple.

– Nous, on te connaît déjà. Amedeo n'a que toi à la bouche... Jeanne Hébuterne. Jeanne

Hébuterne. Jeanne Hébuterne. Il ne s'arrête plus. Il n'a jamais autant travaillé. Il ne peut plus se passer de toi... Il ne peut plus se passer de toi pour peindre.

Plus ils parlent, plus ma gorge se contracte.

– Béatrice le rendait fou. Sa voix de stentor, ses beuveries, la drogue... *You gonna kill me*, Modi, elle braillait, mais c'est elle qui aurait fini par le planter, un coup de couteau, une overdose de cocaïne. Il ne créait plus que dans les interstices... Quand elle rentrait à Londres ou lui annonçait enfin qu'elle le quittait. Le reste du temps, il la cherchait partout dans Paris. Il lui écrivait des poèmes sentimentaux qu'il déclamait, nu, sous les fenêtres de leur appartement, rue Norvins...

Où je pose mes coudes ?

Le crochet de ma robe est-il en train de se défaire, de dévoiler mes pauvres petits seins ?

– Depuis qu'il t'a rencontrée, il n'a jamais autant travaillé.

Mon bas est-il filé ?

Où cacher mes mains ?

Toutes ces femmes avant moi.

Ces femmes plus mûres, plus belles, plus intelligentes, des artistes, des poétesses, des journalistes, et ces putains qui n'ont pas peur de son corps nu, de lécher son sexe, qui ne craignent pas les maladies, les grossesses, ces putains qui l'attendent, jambes écartées, ouvertes, libres, et ne se précipitent jamais pour se laver après, qui restent, langoureuses, humides, de nouveau offertes à son désir.

Toutes ces pensées, tous ces mots.

– Ton Amedeo, il vaut deux fois Picasso. Un jour, il sera riche, très riche, tu verras. Et qui sait quel effet tout cet argent aura sur lui... Il s'arrêtera peut-être de peindre... Il le dilapidera, comme il a toujours dilapidé l'argent que sa mère lui envoie. En une soirée, pffuiiit, plus un kopeck. Il le boit. Il le distribue à des plus riches que lui. Il paie des nanas. Il se drogue avec elles. Alors ce sera notre chance. Pauvre, il continuera peut-être à peindre.

Est-ce mon estomac qui gargouille ainsi, mon talon qui tapote le parquet ?

Toutes ces pensées.

– Tu devrais t'asseoir, Jeanne, tu es blafarde.

Mon corps se dérobe, mon âme vagabonde, entièrement aspirés pour n'exister qu'immobiles et figés sur les tableaux de Modigliani.

– Où est Amedeo ? parviens-je à demander.

Mais je connais la réponse. Personne ne sait jamais où il se trouve. Il donne des rendez-vous, ne vient pas ou arrive des heures en retard. Si je le trouve, je le suis, et lentement, dans ce mouvement qui consiste à l'attendre ou à me promener dans son ombre, je m'effrite. Je ne sais plus qui je suis.

La porte d'entrée s'ouvre avec fracas.

Chaïm Soutine entre, visage bouffi par l'alcool, yeux injectés de sang.

– Le Transalpin a atteint le niveau où il roupille dans le caniveau.

Il donne un baiser à Lunia Czechowska, ignore ma présence.

Il passe sa main sur la croûte épaisse, à peine sèche, des toiles d'Amedeo. Il grogne.

– À chaque fois qu'il te baise, il te dessine à l'aise !

Une mantille recouvre mon visage, obstrue ma vue. Je chute au fond d'un puits où résonnent des coups de cymbales.

– Je suis jaloux ! pleurniche-t-il. Atrocement jaloux. Oui, atrocement jaloux qu'il me remplace par cette jouvencelle.

*

Au fil des mois, la voix de mon frère s'estompe.

Elle grésille encore un peu le soir quand j'éteins ma lampe et cherche en vain le sommeil, tournant et me retournant sous les draps, en quête d'une position, sur le dos, sur le côté.

Ce vieux siphonnera ta grâce, *sister,* et ta belle jeunesse.

Elle me parvient atone.

Tu ne sais plus tenir un crayon. Tu trembles dès qu'il s'agit d'esquisser un paysage ou un décor derrière tes portraits. Il n'y a de place que pour ton grand amour.

Tais-toi, André!

Mais il continue.

Regarde la vérité en face: tu as laissé tomber. Il faut croire que ce n'était pas si vital pour toi, la peinture, la création. Tant de gâchis. As-tu seulement pensé à papa et maman? Tes frasques... Ils mourront de chagrin quand ils sauront à quoi tu occupes tes journées.

Tais-toi. Tais-toi.

Je finis par chasser la voix.

Elle s'éteint.

Celle d'Amedeo la recouvre. Elle fuse avec la même autorité, et me tourmente autant que celle de mon frère.

– Il faut que tu te remettes à travailler, Hébuterne. Je ne veux pas que tu deviennes un de ces petits modèles creux qu'on finit par jeter à la poubelle parce qu'elles n'ont plus rien à nous raconter. Non, je ne veux pas que tu te vides de ta sève.

Il balaie d'un revers de main les dessins de mon frère, conservés dans une pochette sur laquelle j'ai inscrit son prénom en lettres capitales.

– Aucun talent, tout juste bon à faire des portraits de touristes sous la tour Eiffel, avec les barbouilleurs de service.

Il étale sur la table mes croquis pour le livre de Neel Doff, les portraits que j'ai faits de ma mère, un autoportrait.

– Tu as du talent. Tu ne dois pas rester emmurée vivante chez tes parents, sans travailler.

Il me tend une feuille et un crayon de papier, me défie.

– Imagine que je fume une pipe.

Il ne bouge plus.

En traits serrés, je gribouille un visage oblong, un œil ouvert, plein d'inquiétude, l'autre fermé, scrutant des plaines mornes. D'une moitié de bouche émerge une pipe. Il voyage entre Livourne et Paris, assis au wagon-restaurant, les mains posées sur une nappe blanche. Un serveur en livrée prend la commande.

Il m'arrache le dessin avant que je l'aie terminé.

– Pas mal.

Il faut se tenir loin de ses sujets. Pour mes autoportraits, je choisis toujours une photographie de moi faite il y a des années, comme si j'étais étrangère à moi-même, comme si j'étais restée le bébé coiffé d'une charlotte, tranquille sur le papier lisse, ou cette petite fille qui tient un bouquet de roses blanches entre ses mains.

Il ne faut pas trop d'empathie.

Là, je suis trop près de toi.

Voilà tout ce que j'ai envie de dire à Amedeo, et tout ce que je ne lui dis pas parce que je n'ose pas. Peur de bafouiller, de ne pas trouver les mots justes, pcur qu'il ne se détourne, Petite idiote, peins au lieu de bavasser.

Autrefois, je m'asseyais près d'André, à Galluis, sur un fauteuil de jardin. Je copiais ses toiles. Il mélangeait les couleurs sur sa palette et guidait mon geste, sa main sur mon poignet, par là un trait, par là un aplat.

Désormais, je retrouve Amedeo, tous les jours, chez les Zborowski. J'entre sans sonner. Il reste assis sur le tabouret, concentré sur ses lignes courbes.

Installés l'un contre l'autre, nous scrutons les modèles qu'il choisit. Il prend des notes dans un album bleu.

J'utilise sa palette, ses pinceaux.

Mais les tableaux d'Amedeo sont lumineux. Mes toiles, monochromes et sans éclat. Je les jetterais. Il veut les conserver, les exposer côte à côte.

J'en ai honte, il les exhibe.

*

Mai 1917

J'ai cessé de tresser mes cheveux le matin. Désormais je les coiffe en un gros chignon lâche qui dégage ma nuque et laisse entrevoir le grain de beauté bombé sous le lobe de mon oreille droite.

Je mets un peu de poudre sur mes joues, et même, du fard à paupières.

Je viens d'avoir dix-neuf ans.

Cela me vieillit un peu.

*

Maman cherche la faute sur mon visage, des preuves sur mon corps. Cette démarche plus déliée, cette marque bleue dans le cou, le chignon d'une dame, l'encolure de la robe un peu plus échancrée, n'est-ce pas la preuve que ?

Elle me scrute mais ne me pose aucune question.

Papa m'appelle toujours sa « gentille fille sage ».

André n'a obtenu aucune permission depuis un an. Il n'aurait pas affecté la même naïveté. Il m'aurait interrogée sans relâche Où vas-tu ? Où es-tu ? Avec qui travailles-tu ? Leurs noms ? Il aurait fouillé dans mes affaires, lu mes carnets. Il m'aurait traquée (ou fait suivre par l'un de ses complices militaires).

Rien ne lui échappe jamais.

Il ne m'envoie plus aucune carte postale, pas même pour mon anniversaire en avril dernier.

Autrefois, à Pâques, il m'écrivait des lettres exaltées.

Christ est ressuscité, Christ est vraiment ressuscité ! Laisse-toi illuminer, ma sœur, laisse-le entrer dans ton cœur, ne lui résiste pas.

Autrefois, mon frère me manquait.

Ô nuit qui nous rend la lumière, Ô nuit qui vit dans sa Gloire le Christ Seigneur !

Son silence signe sa désapprobation.

De ses lettres à mamounette sourdent un désespoir et une lassitude qui ne lui ressemblent pas.

Tout, ici, est effroi et ténèbres. Plusieurs fois j'ai été enseveli sous des trous d'obus. Je m'en suis sorti, éclaboussé de sang, en marchant sur les morts. Jamais rien vu de plus métallique. La petite Thérèse est devenue insensible à mes appels.

La censure a raturé certaines phrases.

Ce nombre inouï de morts. Tous mes amis disparus. Je suis seul désormais, et j'ai peur. Priez pour moi, priez intensément.

Maman se lamente.

– Il n'est plus lui-même.

Elle me demande de lui écrire.

Mais que lui dire ?

*

J'aime un homme, André, et je n'ai pas lutté.

*

Les parents préparent notre retraite estivale en Bretagne. Papa a clôturé ses comptes et fermé la boutique. Maman astique l'appartement avant d'emballer nos affaires dans les grosses malles en cuir qui ne nous servent qu'en été.

Je cherche des prétextes pour rester seule à Paris au mois de juillet.

L'académie est fermée. Il n'y a plus personne, à part ces gens que je dissimule à mes parents depuis des mois. Amedeo. Lunia Czechowska. Hanka Zborowska. Léopold Zborowski. Leurs amis bambocheurs. Kiki, Soutine, Ortiz de Zarate, Foujita, et tous ceux dont je ne connais pas les noms mais que je croise sans cesse au Bal Nègre, dans la cage d'escalier de la rue Joseph-Bara, à l'académie, à La Rotonde, au carrefour Vavin.

– Ne t'en va pas, *principessa*.

Nous sommes allongés, nus, dans une chambre d'un de ces petits hôtels de la rue Sainte-Beuve, qu'il a louée pour la journée.

Il ôte une à une les épingles de mon chignon, enroule ma chevelure autour de ses doigts, ligote ses bras, son ventre, ses cuisses. Il s'emprisonne avec méticulosité.

– Quitte tes parents et viens habiter avec moi. Tu as honte ?

– Un peu, mais ça passe.

– Viens habiter avec moi à la pension des Marronniers. Avec moi, avec moi. Sinon, je vais mourir lentement jusqu'à ce que tu reviennes, Jeanne.

Toujours ses exagérations. Je pars quelques semaines. Il travaillera, fera la fête. Je ne lui manquerai pas tant.

Il s'endort, visage d'enfant, maxillaires relâchés, paupières lourdes, et, dans son sommeil, il dit *Je t'aime*.

Il dit *Je t'aime*, j'ai bien entendu.

*

Le jour de notre départ, Amedeo m'attend sur le quai.

Je lis sur ses lèvres un muet « Bonjouir ! » et le rire, de nouveau, me prend aux tripes, ce rire qui vient de loin, physique, nerveux, mon rire de folle.

Papa va et vient pour ranger nos bagages dans les coffres. Dans mon dos, je sens le regard insistant de mamounette.

– Tu viens t'installer, Jeanne ?

– Je prends l'air.

Des voyageurs pressés rouspètent et me bousculent dans le couloir.

– Ne reste pas là. Viens t'asseoir maintenant.

– J'ai mal au cœur.

Un coup de sifflet, le train s'ébranle.

Amedeo n'a pas bougé.

Viens vivre avec moi, pension des Marronniers…

Il rapetisse.

Ne reste pas ce petit bébé riche…

Je ne distingue plus que sa silhouette, et bientôt, je ne le vois plus du tout.

Rejoins-moi, rejoins-moi…

Défilent les pauvres maisonnettes des abords de Paris, puis une campagne plane à perte de vue.

J'ai mal au cœur.

*

Nous avons retrouvé la ferme au bord de l'Ellé, où nous passons tous nos étés.

Je ne fais rien pendant plusieurs jours. Je ne déballe même pas mes affaires. Par la lucarne, les feuillages denses laissent percer le soleil. De grosses pierres roulent dans la rivière en contrebas.

Je ne peins pas. J'écris un peu. Je rêvasse.

Je ne sors de la maison que pour envoyer une carte postale à Amedeo.

Une vue de plage de sable fin. Loctudy, aucun intérêt.

Bonjour, lui écris-je.

Que lui dire d'autre ?

Bonjouir !

(Il pensera : « Ma Gitane progresse enfin. »)

Je m'ennuie, mon amour. Sans ton regard désirant, la mort recouvre d'un escot noir toutes mes pensées. Même la pierraille du puits est plus chaude que mon cœur.

Tout est pompeux, ampoulé.

Je hais mes mots impuissants à dire le gouffre qui sépare nos deux corps.

Je voudrais être avec lui. Mais je suis là où j'ai passé tous mes étés d'enfance, sans lui, sans André. Je suis cette fifille coincée entre mes parents.

Bonjour, point.

Je l'envoie à son attention chez Zborowski. Il transmettra.

Ma mère et ma tante conversent quand elles cuisinent ou mettent la table. Elles commentent les repas, toute cette nourriture qu'elles achètent ici, dans les fermes, en abondance au marché, sous la grande halle, et qu'elles ne trouvent plus à Paris depuis longtemps. Elles parlent aussi de moi.

Jeanne a changé. Elle traîne un air maussade. Peint-elle toujours ou a-t-elle cessé ? Sa nouvelle coiffure... On ne la reconnaît plus avec ce chignon. C'est toujours ma petite fille. Elle a grandi. T'a-t-elle parlé, à toi ? Est-ce l'absence de son frère ? Elle est tourmentée, elle a toujours été comme ça. Il y a autre chose. Elle est comme ça. Tu devrais discuter avec elle.

Je ne veux me justifier de rien, ne parler avec personne.

Surtout, ne parler avec personne. Alors je décide de m'en aller, naïvement, sur un coup de tête. Rien n'est prémédité. Sans doute est-ce plus facile ainsi ?

Mes parents et ma tante sont installés sur la terrasse au bord de l'Ellé.

C'est le soir.

Depuis la maison, je leur annonce d'un ton allègre :

– Servez-moi un petit verre ! Un muscat...

Moi qui ne bois jamais d'alcool en présence de mes parents, pas même du cidre. Cela aurait dû les alerter, Qu'est-ce qu'elle a, notre Jeanne, soudain elle semble joyeuse. Mais non. Maman ajoute un verre sur la table, papa débouche la bouteille et m'en sert à ras bord. Ils m'attendent pour trinquer. Quel bel été. Il ne nous manque que notre fils adoré pour que ce soit vraiment parfait.

Jeannette a l'air d'aller beaucoup mieux, voilà, ce sont les bénéfices du bon air breton, les embruns.

En quelques minutes, je range mon linge et mes carnets. Je laisse le double de mes clés sur la console. À quoi me serviraient-elles désormais ? Je rassemble un peu d'argent, en vole dans la poche intérieure de la veste de papa, dans le sac à main de ma tante, et je pars, seule, par la forêt qui grimpe au village.

Tout va vite. Tout est brutal. Les bruits bizarres de la nature. Les grands arbres penchés, aux écorces réprobatrices. Mes pas décidés sur la terre sèche. Ce temps qui soudain rétrécit, les minutes qui passent comme des secondes.

J'ai peur mais je m'en vais.

Atteindre la gare d'un pas assuré. Acheter un billet. Un aller simple, s'il vous plaît. Baisser la tête devant le contrôleur. Ne pas répondre aux inconnus. Rester muette, ça, je sais faire.

Mes parents ne croiront pas un instant à une fugue. Ce n'est pas son état d'esprit, déclareront-ils aux gendarmes. Jeanne est une gentille fille, sage, obéissante, on n'a jamais eu aucun problème avec elle.

Eudoxie pensera qu'il faut sauver les apparences. Elle avait bien vu que, ces derniers mois, sa fille avait changé, qu'elle avait pris une mauvaise pente. Mais elle restera digne, ni plaintes, ni mots qui pourraient laisser penser que sa fille a perdu la tête. Je sais me tenir, dira-t-elle à mon père, au milieu de la nuit.

Ils parleront d'un enlèvement, un de ces fous des villages environnants, éperdu d'amour. Ils redouteront un meurtre ou, pire, un suicide, mon corps lesté de cailloux, recouvert de nénuphars, au fond de l'Ellé. Elle n'a jamais voulu apprendre à nager. Elle était si mélancolique.

Ma tante dira qu'elle aurait dû me parler. Qu'elle avait pressenti que. Qu'elle avait du flair et que. Ma mère la fera taire d'un de ces regards glacés, sans un mot, et malgré la touffeur, elle recouvrira les épaules de papa de sa veste en tweed.

Ils écriront une lettre à l'abbé Quaillet, à Galluis. Notre fille a disparu, priez pour son âme, priez pour nous. Tous ensemble, ils courront chez le curé de Quimperlé, pour supplier sainte Marie mère de Dieu, comme si cela pouvait me faire revenir.

*

La porte à clapets du train s'ouvre et se referme dans un mouvement irrégulier. Des voyageurs continuent de monter. Des bruits de ferraille, des étincelles sur le ballast, des cris, deux coups de sifflet, et le wagon s'ébranle, ça y est.

Excitation. Peur. Joie.

Je suis libre, enfin !

J'écris ces quelques mots tandis que le train ronronne. Le paysage défile, mais si lentement, derrière le carreau.

Je rejoins Amedeo à Paris.

*

Depuis la gare, je cours vers le 3, rue Joseph-Bara.

Et s'il n'était plus là ? Disparu. Reparti à Livourne, adresse inconnue. Caché dans l'un de ses replis, là où il ne m'emmène jamais, là où il s'échappe pour quelques jours sans jamais prévenir.

Chaïm Soutine dort sur le divan où, tant de fois, j'ai posé pour Amedeo. Il marmonne dans son sommeil, se redresse dès que je passe le seuil.

– Hébuterne, c'est toi. J'étais missionné pour attendre ton retour. Des heures à rester là sans rien faire, et pour pas un kopeck *of course*, juste par amitié pour le maestro. Quel ennui, non mais quel ennui. Et si la donzelle au Modi s'était décidée à rappliquer dans un mois, dans deux mois ? Voire jamais... Jamais comme la dame Béatrice qui n'est jamais revenue. Elle lui avait écrit, « *This is the end, my love*, ne m'attends plus. » Mais il y croyait encore, à ce qu'elle débarque, à ce qu'elle revienne.

Il me pousse dans la rue, m'ouvre les portes du 8, rue de la Grande-Chaumière, où Léopold Zborowski nous a loué un atelier.

– Tu préféreras la mistoufle à tes parents en pantoufles. Et moi, en la matière, je m'y connais, Hébuterne. Dans mon premier logement, je dormais à même la terre battue. Je creusais des fossés remplis d'eau tout autour de moi pour échapper aux punaises. C'était la mistoufle sacrée ! Mais au moins je m'étais éjecté de chez mon papa et ma maman.

Amedeo est allongé sur le parquet de planches pourries, jambes croisées, une cigarette coincée entre ses lèvres.

– Tu es là.

J'enfonce mon visage dans son cou. Je respire, je respire. Ne me lâche pas, chéri, ne me lâche plus jamais.

*

Notre royaume :

Pas de gaz à l'étage, pas même une lampe à pétrole. Un sommier grinçant fait office de couchage. Quelques couvertures déposées dans une poussière terreuse. D'une verrière sale on aperçoit la courette en contrebas et les va-et-vient de la gardienne. Il manque un poêle à bois. L'air glacial s'infiltre par les brisures des vitres, en hiver.

On se lave dans une bassine ou au lavabo, dans le couloir, d'où jaillit un filet d'eau saumâtre.

Je ne peux pas m'empêcher de regretter ma chambre de petite fille. Les draps parfaitement repassés. Le parquet exhalant l'encaustique. Maman qui, chaque matin, ouvrait les volets, aérait la pièce, regonflait les oreillers en tapotant dessus, tous ces gestes du quotidien qui, alors, me pesaient tant.

– L'artiste est au-dessus des contingences, me dit Amedeo. Nous, c'est un monde, tes bourgeois de parents, c'en est un autre, loin de nous désormais.

*

Nous dormons ensemble toutes les nuits, sous la même couverture, nos corps collés, respirant au même rythme.

La lune éclaire notre atelier d'une lueur jaune.

Nous faisons l'amour au milieu de la nuit. Nous faisons l'amour au petit matin. Nous faisons l'amour tout le temps, avec frénésie, et je crois qu'ainsi, il est possible de réduire à néant l'espace entre nos deux corps.

Nous nous réveillons avec le jour, partageons la même tasse de café (nous n'en avons qu'une), que nous faisons chauffer sur un réchaud à gaz qu'a déniché Soutine je ne sais où. Une sorte de cadeau de « mariage ».

Dans un angle de la pièce, derrière un paravent aux motifs dessinés à l'encre de Chine par Foujita, nous avons posé une bassine en fer. Certains soirs, Amedeo me baigne. Il passe un gant entre mes jambes, sur mes fesses, mon ventre et mes seins. Il lave ma figure au savon noir, et peigne lentement mes cheveux.

Nous nous promenons dans la ville dépeuplée.

Dans son album bleu, il crayonne des visages. Un enfant. Un épicier. Des femmes surtout, une fleuriste, une bohémienne, toutes rousses, la chevelure flamboyante comme la mienne, les yeux en amande.

Je vais, les mains vides, accrochée à lui comme un arapède, dans son sillage, toujours. Il me présente à ceux qui ne me connaissent pas encore. Voici ma douce, voici mon aimée.

Nous parlons peu, ne lisons pas les journaux.

Où en est la guerre ?

C'est comme si elle n'avait pas lieu à cinquante kilomètres de Paris, comme si nous vivions dans un autre espace-temps.

Zborowski nous a fait livrer du matériel, une dizaine de tubes, deux chevalets, des pinceaux de toutes tailles.

Nous ne nous nourrissons que de sardines à l'huile. Parfois, Amedeo vole des patates ou des pommes sur les marchés, qu'il cache au fond de ses poches, comme des trésors.

*

Soutine et Kisling apportent des bouteilles de cognac et des feuilles de cannabis, glissées dans du papier journal.

Ils restent des heures, la nuit, pour fumer. Des volutes bleues entourent leurs silhouettes voûtées, assises à même le parquet. Une odeur écœurante s'installe dans la pièce. Je m'endors alors qu'ils continuent de bavarder à voix basse et de déclamer des poèmes. Leurs paroles s'étiolent lentement dans mes rêves. Parfois, ils sont tous tellement ivres qu'ils se mettent à danser. Amedeo se lance dans une transe d'ours, pattes déployées, mains velues, il trépigne. Moïse Kisling lui dit, Arrête, allez, arrête, on va finir par rentrer chez nous. Amedeo fait non de la tête, les boucles noires cernent son visage, cachent ses yeux. Kisling empoigne sa ceinture rouge et tire, tire. Amedeo lève les bras à l'espagnole, claque les doigts, tourne sur lui-même. Sa ceinture se déroule, interminable, jusqu'à l'aube.

Il m'arrive d'avoir faim. De crever la dalle. Quand je ne peux plus penser qu'à ce creux corrodant mon estomac, je mâchouille un morceau de tissu pour le tromper.

Cela m'aide.

Nous avons liquidé en quelques jours l'argent que j'ai volé en m'enfuyant de Quimperlé. Nous nous débrouillons avec les maigres mandats de la mère d'Amedeo, vite dépensés, et les quinze francs quotidiens que nous donne Zborowski en échange de nos dessins.

Mais nous ne travaillons pas beaucoup.

Nous avons des soucis d'argent.

Nous devenons un couple.

*

Passent ainsi plusieurs jours, peut-être plusieurs semaines.

Le temps se dilate.

Dans mes cauchemars, Eudoxie et Achille me regardent de leurs yeux fous. Ils ne me font aucun reproche. Ils ne parlent presque pas. Mais des larmes coulent sur les joues de papa, grosses comme des calots, creusant des sillons. Maman se tord les mains sous la table, arrache ses cuticules.

– On ne peut rien empêcher, Eudoxie, lui dit mon père.

Amedeo chasse les amis qui s'affaissent et finissent parfois par s'endormir sur le sol de notre atelier. Il vient caresser mes cheveux.

– Laisse tes parents, et dors.

*

Je porte notre linge à la blanchisserie, rue de Fleurus, me heurte au panneau « Fermé le jeudi ».

On est jeudi.

Je repars avec le ballot de linge sale.

Peut-on jamais se délivrer de la médiocrité du quotidien ?

Aujourd'hui, rien pu faire.

*

Un matin, j'envoie un télégramme.

Famille Hébuterne, ferme de La Mothe.

Tout va bien, ne vous inquiétez pas pour moi.

Je laisse également un mot à la gardienne, rue Amyot.

Je travaille, besoin d'être seule.

Au creux du mois d'août, alors que je me trouve à l'étage de La Rotonde, j'aperçois la silhouette de ma mère sur le boulevard Raspail.

Elle se doute que toute ma vie est là désormais.

Elle attend, immobile et voûtée, elle qui s'est toujours enorgueillie de se tenir bien droite « comme une ballerine ». J'ai envie de crier « Eudoxie ! » depuis la lucarne pour m'assurer que c'est bien elle. Mais, même en la travestissant, elle reconnaîtrait immédiatement ma voix.

Maman reste debout à cet endroit du carrefour Vavin où des marlous font leurs trafics. Cocaïne, absinthe, haschisch, échange francs contre dollars, dollars contre francs, Viens par là voir ma grue, elle te veut que du bien, trois francs pour admirer ses seins, cinq pour les toucher.

Cela ne semble pas la déranger, impassible dans le bruit des charrettes que des gaillards tirent à mains nues et les criailleries de ces vendeurs de rêves.

Que se passerait-il si je la rejoignais ? Me prendrait-elle entre ses bras ? Me bercerait-elle en pleurant ? Ou une gifle brûlerait-elle la peau de mon visage avant même de se dire bonjour, une de ses gifles, toutes bagues dehors, « Mais tu veux nous tuer, Jeanne, c'est donc ça ? Tu veux nous tuer ! »

Je ne bouge pas de La Rotonde, grignote des cacahuètes. J'avale plusieurs chocolats chauds, à m'écœurer et me faire vomir devant la dame pipi, une grosse femme aux yeux bridés – qui me tient par les cheveux et m'aide ensuite à éponger mon visage.

– J'espère que tu toucheras pas à la coco, toi aussi… Tu sais qu'après, on ne peut plus s'en passer ? Le cœur finit par éclater, « boum », ça fait, comme quand tu souffres d'un gros chagrin d'amour. Ça vaut pas cette peine, les hommes, ça vaut pas cette peine.

J'attends pendant des heures que maman s'en aille.

*

Depuis que j'habite rue de la Grande-Chaumière, j'ai esquissé quelques petites toiles : notre cour, une vue des toits, de notre vis-à-vis, une fenêtre ouverte sur un lit défait. Une lumière ferrugineuse en émane, des couleurs glaciales, à l'opposé de celles, ardentes, qui signent le travail d'Amedeo.

Je les lui ai cachées par peur de son regard critique, d'un seul mot qui pourrait anéantir chez moi tout désir de peindre. Brûle tout, ça ne vaut rien, et il ferait un grand feu dans la cour, autodafé de mes maigres œuvres et des siennes, celles qu'il estime imparfaites et qu'il veut soustraire au regard marchand de Zborowski.

Mais cela fait des semaines maintenant que je ne travaille plus. Je paresse des heures entières sur notre sommier, la fringale tiraillant mes tripes, m'empêchant de penser.

Alors, un soir d'automne gelé, je retourne rue Amyot.

J'ai faim.

Les cinq étages, spirale interminable. Je m'arrête sur chaque palier, à bout de souffle. Je me tiens aux murs. Tout tourne, les escaliers, les luminaires. Le fer forgé de la rampe se liquéfie sous la pulpe transie de mes doigts.

Je n'ai pas le temps de frapper les trois coups habituels. Maman ouvre la porte, comme si elle m'attendait juste derrière, depuis des jours, ainsi, tapie dans l'entrée, sur le qui-vive, animale. Nous restons face à face, muettes. Je ne cesse de tripoter le grain de beauté sous mon oreille droite. J'attends la gifle, mais rien ne vient à part ces paroles, ce ton doux, qui lui ressemblent si peu :

– Tu es tellement pâle qu'on va finir par voir à travers toi.

Je m'affale sur une chaise et émiette du pain bis dans un bol de soupe.

Papa ne dit rien. Son visage est devenu gris. Sa barbe carrée est comme saupoudrée de neige.

– Ne me retiens pas.

– On ne peut pas t'empêcher, fillette. Tu seras majeure dans un an et demi, et alors tu t'échapperas. Si on t'enferme ici, tu t'enfuiras et tu ne reviendras plus jamais. Mais pense à ta mère quand même… Pense à nous.

Maman se ratatine sur la chaise. Des rides se sont creusées aux plis de sa bouche depuis cet été. On dirait une petite vieille.

– On ne peut pas t'empêcher, même si ce n'est pas cette sorte de vie qu'on espérait pour toi.

Quelle vie ?

Mais qu'ils se rassurent (et soudain, me voilà bavarde), Je travaille dans le jardin d'une amie, près de l'hôtel des Invalides, davantage de luminosité. Parfois, nous partons en Normandie chez ses grands-parents qui possèdent une demeure confortable. Je mène plusieurs projets, dont un éloge des impressionnistes. J'ai besoin de cette lumière tempérée et pluvieuse qu'on ne trouve que là-bas.

Mes parents hochent la tête dans un même mouvement, mais je vois bien qu'ils ne me croient pas.

Mon index continue de triturer le léger renflement sous le lobe, ce grain de beauté que j'ai hérité d'Eudoxie.

Mes gestes, le clignement de mes paupières, me trahissent. Comme toujours. Comme toujours, mon corps m'échappe.

Je me dilue dans la honte.

Alors je me lève pour partir.

Mon père me tend une enveloppe pleine de billets.

– Ça te servira bien, n'est-ce pas ?

Maman m'a préparé des gamelles remplies de nourriture.

Elle me serre dans ses bras sur le pas de la porte.

– Donne de tes nouvelles, Jeanne.

Elle enroule son châle noir autour de mon cou.

– Tu es encore mon bébé.

Le parfum de ma mère – tubéreuse mélangée à une lointaine odeur de cuisine, oignon, chou – m'accompagne jusqu'à la Grande-Chaumière.

C'est le parfum de mon enfance qui s'efface.

*

Emanuele, le frère aîné d'Amedeo, nous a rendu visite. Il était de retour d'un congrès politique à Bruxelles, où il a débattu avec de vieux messieurs sur la guerre, le socialisme et l'Europe.

Je ne l'avais jamais rencontré avant ce jour. Barbe blanche à la Jaurès, petites lunettes cerclées, visage flétri, on dirait mon père !

En passant le seuil de notre atelier, il nous a dit, C'était sur ma route, comme s'il devait se justifier. Puis il s'est assis sur notre lit et n'a cessé de tapoter son genou avec le plat de sa main.

Au bout d'une heure à peine, Amedeo avait envie qu'il s'en aille. Il allait d'un bout à l'autre de l'atelier, soupirait, levait les yeux au ciel.

– Arrête avec ta main, Emanuele, bon Dieu.

Il ne supportait pas les regards en biais de son frère sur les murs fissurés, la saleté accrochée aux draps, les miettes de charbon, les boîtes de sardines entamées, les trognons de fruits, jetés à même le sol.

– Ta main, Emanuele. Ta main sur ton genou, arrête.

Que rapportera-t-il à leur mère ?

Ton dernier-né vit comme ces miséreux qui peuplent les docks, à Livourne, et mendient leur pitance. Ton dernier-né entraîne dans son sillage une toute petite demoiselle qui pourrait être sa fille.

Et elle, elle se fera un « sang d'encre ». Elle écrira à son Dedo chéri, lui enverra de l'argent – toutes ses économies. Elle vendra peut-être l'un de ses bijoux, le diamant de ses fiançailles, au rabais.

Juste avant de partir, Emanuele a proposé de nous ouvrir un compte à La Rotonde ou chez Rosalie pour que nous puissions manger à notre faim tous les jours.

Amedeo l'a mis dehors.

– Dégage. Je ne suis pas un clochard, et ma femme n'est pas une clocharde. Moi, je m'en fous de tes idées socialistes, je m'en fous de la politique.

*

Plusieurs semaines passent avant que je ne retourne chez mes parents.

C'est encore la faim qui m'y mène.

Je dévore en silence, debout contre le billot.

Maman prépare des victuailles dans un cabas. Confiture de poires, concoctée à Galluis, l'automne dernier. Pain. Saucisson sec. Légumes garnis. Où trouve-t-elle tout cela ? Les marchés sont vides. Rue Delambre, la plupart des étals sont fermés.

Nous échangeons peu de paroles.

Je me gave, bouche pleine, mains avides.

– Ça va ?

– Oui.

– Ton père est à la boutique, passe le voir.

– Oui.

– J'espère que tu restes respectable.

Elle glisse une missive de mon frère dans le panier, avant que je reparte.

Je reproduis la lettre ici.

Un an sans te voir, sister, *et tu es nulle part. Pendant les onze jours de ma permission, je t'ai cherchée partout, dans le jardin, près des boxes à chevaux et le long de la rivière. Je voulais dénicher une étole avec ton odeur, un chemisier où il resterait l'un de tes cheveux, dans l'armoire, à Paris. J'ai plongé mon nez au creux de ton oreiller. Je n'y trouve même plus ton parfum. Et tes dessins... Tous tes dessins... Où sont-ils ? Les as-tu jetés ? Donnés ? Vendus trois sous à un marchand ? Qu'en est-il de ton projet d'illustration ?*

Les parents me disent que tu vas et viens entre Paris et une maison en Normandie ; que tu n'es pas retournée à Galluis depuis l'année dernière ; ils racontent aussi que tu portes des chapeaux cloches et des chignons de femme. À quoi ressembles-tu désormais ? À l'une de ces nanas affublées d'un galurin dans les salles enfumées des cafés de Montparnasse ? Pitié !

Dans quel gouffre as-tu disparu ?

Je prends le train ce soir. Je repars, mortifié, sur ce front que désormais j'abhorre.

Je prie pour toi, Jeanne.

André

Post-scriptum : As-tu pensé à te retirer pour quelques jours dans un couvent ? Des sœurs t'accueilleraient. Elles ne te demanderaient rien, juste de te joindre à leurs prières. Et tu pourrais travailler sereinement.

Mon frère a inscrit la date sous son prénom, en toutes lettres.

Le trente octobre dix-neuf cent dix-sept.

Il y a plus d'un mois.

Mais que la guerre nous l'arrache !

Des centaines de milliers de soldats sont morts, on dit même plus d'un million. C'est ce qui se raconte au comptoir de La Rotonde, près de la machine à sous. Les journaux ne disent pas la vérité, les journaux mentent sur le nombre exact de nos morts pour ne pas affoler la population, les épouses, les mères, les fiancées qui attendent leur retour.

Pourquoi pas mon frère ?

Je déchire sa lettre. Les confettis s'éparpillent sur le plancher.

Qu'il soit tué par une rafale de balles, et bon débarras !

Je hais son écriture ronde de petit jeune homme consciencieux. Un bon élève qui veut plaire à nos parents, mais surtout à l'instituteur, au curé et à ses officiers. Un de ceux qui se répandent en courbettes devant son état-major.

Plus que tout, j'exècre ses mots. *Dans quel gouffre as-tu disparu ?* Que sait-il de mes abysses, mon frère ?

Je ne veux plus le voir qu'entre quatre planches. Je n'embrasserai même pas ton visage bandé, *brother*, je ne te toucherai plus.

Je le déteste tout entier, et me déteste aussi de le détester.

Car en vérité, mon frère me manque. Nos chansons murmurées, nos livres de contes, ses chemises blanches aux cols empesés, notre cheval à bascule, nos empoignades… Il me manque tellement, tellement, comme me manquent nos étés d'enfance et l'opulence naïve dans laquelle nous vivions alors.

Nous étions en paix et ne le savions pas.

*

Décembre 1917

« Toiles inauthentiques. »
« Inexpressives et sans âme. »
« Couleurs caricaturales. Fauve sans l'assumer. À jeter ! »
« Nus obscènes, et avec des poils, de surcroît ! Putassier, pas d'autre adjectif. »
C'est ce qu'écrivent les journaux.

Des centaines de badauds se sont attroupés devant les vitrines de la galerie de Berthe Weill qui expose les toiles de Modigliani.
Ils crachent.
Ils hurlent.
Nous sommes retranchés à l'intérieur, rideau de fer baissé.
Du discours rédigé dans son album bleu, Amedeo ne mâchonne que quelques mots.
– Voilà... Première et unique exposition individuelle. Fiasco, les amis.
Puis plus rien, puis ces mots :
– C'est parce que je suis juif ! Juif, moi ! Toujours la même chose. Pendant trois cents ans, il faudra encore leur casser la gueule.

Par-dessus un bustier noir pailleté, Berthe Weill porte des colliers d'or, une médaille de la taille d'une pièce de cent francs, toute une joncaille qu'elle entortille autour de ses doigts. Ses épaules rondes, ses pommettes grasses, sa coquetterie de femme pas très jolie (mais riche et puissante, redoutée par les critiques d'art et ses concurrents) la rendent sympathique.

Elle claque un baiser sur la joue d'Amedeo.

– Tu vas pas sombrer pour trois articles mal écrits, quelques mots de ces gens. Ils ne peignent pas, eux, ils ne peindront jamais.

Les yeux dans le vague, il sirote une bouteille de vin au goulot.

– Arrête, je déteste les pleurnichards. Je t'achète cinq tableaux au prix fort. T'en auras d'autres, des expositions, et avant même que tu aies le temps de mourir. Travaille. La gloire, Modi, ça viendra, ça viendra bientôt.

Blaise Cendrars scande des vers, *Le monde intérieur, le cœur humain, avec ses dix-sept mouvements dans l'esprit, et le va-et-vient de la passion*. Il rythme ses paroles de son moignon nu, exhibé.

– Et parfois, je rêve, oui, je rêve de recoller mon bout de bras. Un morceau de ruban adhésif, des os, de la peau neuve, et ma vie d'avant.

Erik Satie l'accompagne de quelques notes sur un piano droit.

Ils chantent en canon.

– On n'est pas des pacifistes, on n'est pas des antimilitaristes, on est des artistes... On est même des patriotistes !

– Vos gueules ! braille Amedeo. Que tout le monde dégage maintenant. Je suis planté de banderilles... Et vous jouissez de ma mort lente.

Zborowski lit à voix haute une des seules critiques favorables.

– « La souplesse animale, parfois immobilisée, ses abandons, sa faiblesse heureuse, n'ont point encore connu de peintre plus soucieux de les traduire. » C'est bon, Modi, tu vendras quelques toiles. Je dis pas la richesse, je dis pas comme Picasso ou Matisse, juste un bon petit début de gloire.

Il y a un an, un collectionneur américain a acheté deux de ses têtes sculptées, exposées sur la Cinquième Avenue, à New York.

Ce n'était pas si mal. Avec l'argent, nous avons tenu deux mois.

– *Se lo vado a pigliare in culo !* Faut que je le dise en français ? Je suis laid. Tout est laid. Et toi, Jeanne, toi, arrête de me regarder avec ces yeux de biche. Arrête de me suivre partout en silence, attachée, en laisse, en laisse. Arrête donc tes chatteries. Crains-moi, oui, crains-moi parce que je finirai par te haïr. Comme toutes les autres.

Les policiers font fermer la galerie. Outrage public à la pudeur. Ils nous évacuent par une sortie de service.

Amedeo finit toutes les bouteilles. Vodka, vin, chartreuse.

– Je suis misérable. Je suis laid.

Il arrache sa chemise, déboutonne son pantalon, urine contre un porche. Il se promène nu, bras dessus, bras dessous avec Utrillo, leurs haleines mêlées aux relents d'armagnac, et s'effondre contre un mur lépreux en toussant, tête décrochée, ballante sur sa poitrine.

C'est cet homme que j'aime.

C'est avec cet homme que je vis.

Cet homme qui sait si bien amuser la galerie, jouer la tragédie, se donner en spectacle mais qui, certaines nuits, me serre contre lui et me dit :

– Il ne faudra pas te perdre, petite, comme j'ai perdu toutes celles que j'ai aimées de toute mon âme, et Anna, et Béatrice, et que je n'ai pas su garder auprès de moi. Il ne faudra pas te perdre quand le loup finira par se réveiller, car il finit toujours par se réveiller, je le sais d'expérience, je le sais depuis toujours.

*

On nous raccompagne rue de la Grande-Chaumière.

Il faut trois hommes pour hisser le corps inerte d'Amedeo jusqu'à notre atelier.

Zborowski, Soutine et Ortiz de Zarate ahanent et se plaignent, Manquerait plus qu'il nous claque entre les doigts, leurs voix se mélangent, Il s'est vu clamecer mille fois et il est toujours vaillant, ils sont exténués, C'était pas son heure, mais maintenant va savoir.

Dans l'effort, ils se ressemblent, débraillés, bruns, barbe dévorant leurs visages, ruisselants de sueur.

Une vitre de la verrière s'est brisée sous le poids de la neige. Le sol est recouvert de flocons. Nous pataugeons dans une mélasse boueuse et glacée.

Miserere Seigneur, du fond de mon âme.

Mon menton tremblote. Je me mets à pleurer comme une petite fille.

Miserere Seigneur, ayez pitié de nous…

Voilà que je prie, moi, moi la mécréante, moi qui me moque de l'abbé Quaillet et de mon agenouillé de frère et des bigotes de la paroisse Saint-Étienne-du-Mont. Je supplie Dieu tout-puissant, moi qui crachouille sur les crucifix.

Doigts gelés.

Nous n'avons plus une miette de charbon à faire brûler dans le poêle que nous avons installé au milieu de la pièce au début de l'hiver. La cendre s'amoncelle par terre à côté des conserves vides.

Alors Chaïm, qui m'a toujours paru si fragile malgré ses airs de boxeur, dont les os semblent sur le point de se briser, Chaïm qui a besoin d'un pistolet dans sa poche pour se sentir en sécurité, Chaïm arrache les lattes du parquet, une à une. Il s'acharne à les démonter malgré ses ongles qui se fendillent et saignent. Puis il les casse sur sa cuisse d'un coup sec, craque une allumette et les fait brûler.

– Faudrait pas qu'en plus, ce soir, Modi nous refasse le coup de la pleurésie.

Que la mort fasse son entrée, rue de la Grande-Chaumière, par la grande porte. Qu'elle vienne m'arracher Amedeo, fardée et déguisée sous l'habit de l'amour.

Je l'attends.

Alors je lui dirai de m'emporter moi aussi. Je ne vivrai pas plus de vingt-quatre heures sans lui.

Chaïm l'allonge sous un amas de couvertures.

– Tu veux qu'on reste pour cette nuit, Jeanne ?

Partez. Je veux être seule contre lui.

Le bruit de leurs pas dans l'escalier, leurs chuchotements, On n'aurait pas dû la laisser seule, la petite, et le claquement de la porte cochère.

Taisez-vous et partez.

Je m'étends à côté d'Amedeo.

Je finirai par te haïr. Comme toutes les autres !

Miserere Seigneur, du fond de notre couche minable.

Je me réchauffe contre son corps, ce corps dont j'aime les plis et les replis, les recoins, les saveurs, et qui, ce soir, est lourd et inanimé.

Je retiens ma respiration.

J'ai peur. C'est une peur diffuse et sans objet.

Le revers de l'amour charnel, est-ce cette solitude noire ?

Nous nous appartenions parfois. Je voulais être lui. Il voulait être moi. C'était une illusion. Lui le savait.

Arrête de me suivre partout en silence.

Amedeo se redresse dans un râle. Il éructe et vomit. Une flaque laqueuse, rouge vif, se forme sur le sol. Il agrippe mon bras. Ses ongles s'enfoncent dans ma peau.

– Tu peux peindre à ma place, Jeanne ? Je n'y arriverai plus. Je n'ai plus la force. Je n'ai plus la force.

1918

Amedeo a disparu.

Je l'ai cherché partout. J'ai questionné tout le quartier.

Rosalie, rue Campagne-Première, qui, depuis sa cuisine surchauffée, m'a lancé un pain au lait.

– Te laisse pas dépérir.

Le petit père Libion, à La Rotonde. Haussement de sourcils, soupir.

Les élèves de l'académie, même ceux qui, depuis que je vis avec Amedeo, murmurent des insanités sur mon passage, « la petite pute au Modi », « la vaurienne des fusains ».

(Pourquoi «*petite*» pute, moi qui suis fidèle à un homme, attachée, comme mariée, à la vie, à la mort ? Pourquoi les «*fusains*» et pas l'encre noire que j'utilise pour presque tous mes croquis ?)

– Vous ne l'auriez pas vu ?

Non.

J'ai interrogé les commerçants de la rue Bréa, Mme Salomon, la gardienne du 3, rue Joseph-Bara.

– Aucune idée, pucette. Mais te tracasse pas tant.

J'ai écumé les bars jusqu'au lion de Belfort. La Coupole, Le Dôme, à midi et à minuit. Le jardin du Luxembourg, de la porte Vaugirard à Saint-Michel, derrière chaque arbre, les palmiers, le ginkgo et les magnolias, derrière chaque statue, sous le rideau d'eau verte de la fontaine Médicis.

J'ai harcelé Chaïm Soutine.

– Arrête, petite bête.

Moïse Kisling occupé à séduire une écolière, plus jeune que moi, m'a chassée d'une pichenette. Il a repoussé les mèches raides qui tombaient sur ses yeux. Ça voulait dire, Va-t'en.

Léopold Zborowski, rue Joseph-Bara, rue de Seine.

– Il finit toujours par rentrer.

Max Jacob, à La Closerie. Ivre, entouré de jeunes hommes, tous les mêmes, en costume cintré, visages de filles aimantées.

J'ai interrogé tous ceux que j'ai croisés et qui l'aiment. J'ai même demandé à Picasso, Picasso qui ne le supporte plus, qui déteste sa détermination à être un peintre maudit.

– Vous ne l'auriez pas vu ?

Nul thaumaturge dans notre entourage.

Modi échappe à toutes celles qui en tombent folles. Je n'ai jamais recroisé la fille au vison, mais ses paroles prophétiques, le soir du carnaval, me hantent.

Je l'ai attendu au carrefour Vavin, à l'aube, devant l'entrée des catacombes. J'ai erré square Arago, au creux de la matinée, pleuré contre l'épaule de Lunia Czechowska.

– Pas vivre sans lui, perdue sans lui.

– Pourquoi te mettre dans un état pareil pour un homme ? Même pour Modi. Dors et quand tu te réveilleras, il sera peut-être revenu.

Elle chante, je ferme les yeux.

Reviens, je t'en prie, reviens.

Je rejoins notre atelier, fendue en deux.

J'ouvre un livre de Rilke, un autre de Hölderlin – une page au hasard –, tombe sur des mots qui me parlent, *Je suis engourdi, je suis de pierre.* Moi, je suis moulée dans le tuffeau, roche friable que ronge une pluie acide et continue.

L'absence de mon amour me désagrège.

Je suis allée au commissariat de la rue Delambre. J'ai donné son signalement : un homme brun, costume de velours, accent roulant les « r », sourcils broussailleux. Nationalité ? Italienne. Marié, des enfants ? Non. Mis à part cela, il est peintre. Pas peintre en bâtiment, c'est un artiste qui mène une vie d'artiste, ici, à Montparnasse. Je vous assure que je n'ai jamais travaillé à sa place, même quand il me l'a demandé, ivre, au bout de son désespoir. De toute façon, il n'y a pas de place pour deux peintres dans un couple, il n'y a que lui, lui et son style inimitable.

Je m'emmêlais les pinceaux face au policier à visage de lune, qui notait mes paroles scrupuleusement sur une feuille volante. Sa plume reproduisait mes mots dans des courbes gracieuses.

De grosses gouttes de sueur roulaient sur mon nez et se noyaient entre mes lèvres.

Un homme brun, donc, les mains larges, des bottines lacées, en cuir de bonne qualité, manufacturées à Milan (c'est écrit sous la semelle, *M-I-L-A-N-O* en majuscules, *Italia* en minuscules), que son frère Emanuele lui a laissées la dernière fois qu'il est venu à Paris. Un talent fou. Mon frère dirait qu'il est surtout fou et qu'il n'a aucun talent. Mais il est jaloux. Sa *sister* lui échappe, sa *sister* devient une femme. Elle fréquente le beau monde et tous ces artistes avec lesquels il aimerait frayer.

Le policier a relevé la tête. La fièvre me gagnait, je continuais avec verve.

Une bouche épaisse, une bouche charnue, qu'on désire embrasser, qu'on désire tout court sur la peau, le sexe, le sexe !

J'ai dû finir par formuler quelque chose comme ça. Alors le policier m'a demandé si j'avais besoin de m'asseoir.

– Vous avez l'air d'une jeune fille de bonne famille. Ressaisissez-vous donc. Vous voulez qu'on prévienne vos parents ? Un peu d'eau ? Un bonbon à la menthe ?

J'avais surtout envie de disparaître. Je ne tenais plus debout. Je n'avais pas dormi depuis une semaine.

*

Amedeo n'est nulle part.

*

Dans les semaines qui ont suivi l'exposition ratée chez Berthe Weill, ses joues se sont creusées. Des cernes noirs sont apparus. Une ride profonde, verticale, sillonnait son front. Un rictus barrait sa bouche. Son visage se couvrait de tics.

Il ruminait continuellement.

Je le trouvais tapi, torrentueux, dans les ombres de notre atelier, prêt à bondir à ma gorge.

Une gueule de loup s'est figée sur son visage.

Il me reprochait ma présence dans le lit, me rabrouait dès que j'approchais.

– Besoin d'être seul, tu peux comprendre, minette ?

Minette... Quel toupet ! Et toi, tu ne répliques rien, tu le laisses t'insulter. Tu lui passes tout.

La voix de mon frère s'incrustait de nouveau, à la faveur de ma solitude et de ma tristesse.

J'ai fini par confectionner un matelas en empilant plusieurs tapis pleins de punaises, récupérés à la décharge de la rue Notre-Dame-des-Champs. Dormir sans le déranger, sans que nos peaux s'effleurent ni que nos jambes s'enchevêtrent.

– Je n'ai plus de femme, s'est-il lamenté après quelques nuits, ainsi séparés. Une femme, ça dort avec son homme. Et toi, tu fais comme un chien recroquevillé sur sa couche. Non mais regarde-toi !

Tu es amoureuse, mais à quel prix ? C'est ça, l'amour, pour toi ? Tu pleures tous les jours en cachette. Tu descends dans la cour, au milieu des poubelles, pour échapper à sa rage. Il te frappe aussi ? Ça lui arrive de te cogner ? Avoue que ce n'est pas une vie.

Que je parte chez papa et maman quelques heures, que j'en revienne le cabas rempli de nourriture, et Amedeo ricanait.

– J'ai cru que tu étais une Gitane, je me suis trompé. Tu es restée une petite-bourgeoise. Pendant tout ce temps avec moi, en fait, tu es demeurée là-bas, chez tes parents, enfermée bien au chaud. Ce besoin de confort, ça ne s'évapore pas.

Il ne touchait pas aux pâtés, ni aux fruits secs.

– Ce travers-là, c'est ontologique.

Seuls les vins de papa l'intéressaient. Juliénas, Saint-Amour, Moulin-à-vent. Il ne buvait plus que ça.

– Tu peux faire semblant mais, quand la faim tenaille, ça décanille.

Amedeo s'est mis à disparaître, une nuit, plusieurs nuits d'affilée.

Il sait que je l'attends, debout, visage collé à la verrière.

Je ne lui ferai aucun reproche.

Le ciel s'assombrit, les fenêtres des logements en face de chez nous s'illuminent. Intérieurs douillets, jeunes enfants, papa, maman. Papa, maman. Mon âme volette avec les étoiles, quelques secondes, et retombe dans le puits de ma tristesse, et se noie dans une eau boueuse, jamais étale.

Amedeo se dérobe, va ailleurs. Où donc ? Pense-t-il à moi dans ces moments ?

Il revient amnésique, me sourit comme un enfant après une bêtise. Je lui ouvre mes bras. Nous faisons l'amour tristement. Je me force alors que, depuis des semaines, je n'ai plus aucune envie de sexe. Il est insatiable, dévore chaque carré de ma peau. Puis il se lève et repart sans même se laver. Reste avec moi, mon amour. Mais aucune parole, aucun geste ne le retient.

Il s'absente de nouveau.

Une nausée permanente m'envahit.
Je ne mange plus les conserves que maman me donne. Je les jette, à peine entamées.
Les pensées morbides s'installent dans mes tableaux sous les traits d'un homme en noir, dont le chapeau à large bord dissimule un visage aux traits asséchés.
Il passe la porte de notre atelier, livide et maigre.
C'est ainsi que se présente à moi la mort.

*

Je suis incapable de mener une vie normale. Une vie bien réglée comme celle de maman. Une vie simple comme celle de Lunia Czechowska.
Acheter à manger, manger. Récupérer l'argent chez Zbo. Trente francs. Changer la lampe cassée. Nous ravitailler en charbon. Incapable.

La verrière fuit de toutes parts. Des coulures de rouille. De la pluie. Les murs sont couverts de salpêtre. Eau saumâtre et stagnante sous le plancher. Le poêle dégage une fumée âcre.
Incapable.

*

Le mois de février est glacial.

Soutine dépose des stères de bois pour moi et pour Manuel Ortiz de Zarate, notre voisin. Sur le palier – Manuel ne laisse jamais personne pénétrer dans son atelier –, ils échangent de petites toiles à la peinture encore fraîche. Des bouquets de roses dans un vase, pétales déployés et charnus. Un escalier rouge, coulée de sang dans une ville, toutes persiennes fermées. Ils posent leurs doigts à même leurs travaux, suivent les lignes, commentent et baragouinent dans une langue que je ne comprends pas.

Je leur sers un café mélangé à de l'eau-de-vie – qu'ils avalent d'une traite.

– Tu as des nouvelles du Transalpin ? me demande Soutine.

Non, aucune.

Silence radio.

Détresse totale.

Des stalactites sont apparues sur la verrière. Leur éclat bleu me fascine. Je les observe pendant des heures fondre et se ressaisir dans la froidure, protéiformes.

Ce soir, de nouveau, je suis seule. Alors je m'enfouis dans mes lainages, et, empesée, je rejoins, en autobus, le Cirque d'hiver.

Maman m'a suppliée de l'accompagner au concert.

Avant la guerre, chaque semaine, André choisissait un opéra, une pièce jouée au Français, un spectacle à Gaveau ou Pleyel. Puis il m'entraînait tard dans une brasserie des Grands Boulevards. Plateau de fruits de mer, choucroute garnie.

Nous parlions peu. Mais sur nos lèvres frémissaient les dernières notes de *Faust* ou du *Requiem*, un *Confutatis maledictis* venu de l'au-delà, des répliques de Scapin et toutes ces symphonies de Bach, les mazurkas de Chopin qui me transportaient.

Je pensais que la plupart de ces événements étaient annulés depuis le début de la guerre, mais pas du tout. À la Gaîté, à Pigalle, à la République et à la Bastille, tout continue comme si de rien n'était, les fêtes, les spectacles grivois, et même les bals dans les caves des cafés. Il y a juste moins d'hommes et beaucoup de femmes esseulées au bras de leurs mères.

Depuis que je vis avec Amedeo, j'écoute du tango sur le phonographe à pavillon de Kisling, toutes sortes de musiques modernes que détesterait André, les pièces courtes d'Erik Satie, ses *Gnossiennes.*

À chacune de mes visites, mes parents tentent de me retenir, rue Amyot.

– Ne t'en va pas, Jeanne, reste encore un peu. Dîne ici. Raconte-nous ce que tu fais.

Leurs mots m'étouffent et me précipitent dans la spirale de notre escalier, au pas de course.

La veille du concert, je trépignais sur le palier pour partir. Eudoxie a agité les billets de spectacle comme un éventail brûlant.

À la bordure de ses yeux se formaient deux perles brillantes. Redeviens comme avant, ma chérie, implorait-elle en silence, redeviens comme quand tu partais bras dessus, bras dessous avec ton frère et qu'ensuite, il t'emmenait dîner. De vrais petits amoureux, mes enfants chéris.

J'ai eu pitié de sa peine.

Me voilà assise sur l'un des bancs en bois du Cirque d'hiver, mes mains blotties sous les cuisses, engoncée dans un chandail, mal dans ma peau – mal dans ma peau comme au temps où je ne fréquentais pas Amedeo Modigliani, mon âme flottant à côté de mon corps, cet étranger.

Les musiciens accordent leurs instruments pendant que la salle se remplit de jeunes femmes, de rares soldats en uniforme, de quelques vieux appuyés sur des cannes.

La *Messe en ut majeur* de Beethoven. *Les Sept Dernières Paroles du Christ* de Haydn. Ils termineront par un *De profundis* « en l'honneur de nos soldats si vaillants » (rédigé ainsi sur le programme), version de Bach.

Quelle déprime.

La salle plonge dans le noir.

Où est maman ?

Je cherche sa silhouette gracile, ses cheveux peignés en un chignon strict. Mais c'est André que je vois d'abord. André ! Son visage émacié, les cheveux ras sous la calotte. Toujours cette moustache qui le vieillit. L'allure triomphante qu'il arborait avant la guerre, et même encore les premiers mois quand il rentrait du front, a laissé place à un air accablé. Son sourire a disparu. Ses yeux se sont éteints.

Ils se faufilent entre les rangées, dans la pénombre.

Fuir ce guet-apens. Dégager par une sortie de secours, un trou de souris. Mais mon corps demeure là, gros, transi de froid sous mes lainages. André s'installe à mes côtés, attrape ma main comme si c'était la sienne, et l'embrasse. Il la garde, serrée dans son gant en cuir, jusqu'à la note finale.

De profundis clamavi ad te, Domine.

Les musiciens se lèvent pour saluer. Il n'applaudit pas, me regarde et, sur ses lèvres, je lis Je t'aime. Ce « Je t'aime » qui me transportait de bonheur, autrefois, et qui, aujourd'hui, m'épouvante. Que lui répondre ? Je t'aime moi aussi, André, je t'aime bien sûr, mais ce n'est plus comme avant, ce n'est plus inconditionnel. Lâche-moi un peu. J'ai trouvé un amour plus dingue,

André, et il n'y a aucune place pour quelqu'un d'autre.

*

Après le concert, nous rentrons à pied. Place de la Bastille, boulevard Henri-IV. Je m'agrippe au bras de mon frère comme à une branche dans un sentier boueux. Une brindille pleine de picots, un chardon bleu, des orties – qui arrachent la peau fine au creux de ma main.

Depuis que j'ai rencontré Amedeo, j'avance, éthérée, ondoyant un peu au-dessus du sol. Mais ce soir, mes jambes sont coulées dans le plomb. Une douleur vive cisaille mes boyaux. Je m'accroupis. Attendez-moi un instant, encore un moment, non ça va, juste un peu mal au ventre, un début de grippe.

Je reste dormir rue Amyot. Cela fait des mois que je n'ai pas fait cela.

– Plus d'un an sans te voir, Jeanne, sans l'un de tes mots. Ton écriture sur une enveloppe me ferait une telle joie.

Je m'allonge sur mon lit, un linge bouillant appliqué sur le ventre.

– Tu m'as remplacé, c'est ça ? C'est bien ma veine.

Je me tourne contre le mur et, de l'index, traque les fissures et les cloques sur le papier peint.

– Je risque de me faire trouer la peau dans les plaines de la Marne… Demain, après-demain. La mort est en embuscade. Et toi c'est le moment que tu choisis pour me lâcher. C'est bien ma veine.

Je lui sauterais à la gorge, comme quand nous nous battions, toutes griffes dehors – nous avions six, huit ans –, à cause de cette expression idiote qu'il ressasse sans même s'entendre la prononcer, « C'est bien ma veine. » Mais je continue de suivre les lézardes sur le mur.

– Viens dans mes bras. Viens donc me dire la vérité.

Je me recroqueville sous le drap, tête sous l'oreiller.

– Tu peux tout me dire, sœurette. Voilà que tu te tais, c'est bien ma veine.

Je pourrais le tuer à mains nues.

– Il faudra que tu nous parles, de toute façon. À moi. À papa, à maman. Il le faudra.

La nuit entière, son regard pèse sur mon sommeil, et quand il s'endort enfin, je me lève.

Au petit matin, je rassemble mes affaires et repars à la Grande-Chaumière.

Maman a préparé une brioche. Je l'emporte, enroulée dans un torchon.

*

Tu me trouves changé, asséché.

Dur, opiniâtre, tyran.

Tu as raison, *sister.* Mais tu ne sais pas ce que ça cache. Tu ne le sauras jamais.

Je ne pleure plus mes amis morts.

C'est fini les larmes, la tendresse.

Jamais plus les sentiments ne me feront vibrer, jamais plus l'amour, les délices d'une vie simple, savourer une tranche de rôti saignante, un verre de Saint-Estèphe. Le rouge, c'est la mort, les moignons, chairs explosées, à vif.

Je ne parviens même plus à peindre dans les interstices de la guerre. Plus de jus.

*

Dans l'escalier qui mène à l'atelier, rue de la Grande-Chaumière, je croise une femme gironde, cheveux noirs, lèvres pulpeuses. À ses oreilles pendent des boucles dorées. Des breloques tintent à ses bras.

Elle me scrute.

Elle ressemble aux bohémiennes qui errent devant Notre-Dame et marmonnent, *Lignes de la main, lignes de la main.* Enveloppées de châles multicolores, elles trimballent des nourrissons amorphes, pendus à leurs seins. Je n'ai jamais osé m'en approcher de peur qu'elles ne me délivrent, en fixant l'entrelacs de ma paume, la vérité sur l'imminence de ma mort.

La femme respire fort. Elle soupire, claque la langue sur son palais. Elle cherche à attirer mon attention.

Elle veut une bagarre, c'est une matrone.

Je fourrage dans mon sac, arrache un morceau de brioche que je grignote, les yeux bas. Quand je l'ai dépassée, je l'entends gouailler :

– C'est que ça partage pas, les bourgeoises, c'est pas connu pour partager. Faut leur extorquer ce qu'elles ont de meilleur.

*

J'ouvre la porte. Lit défait. Amedeo renfrogné derrière son chevalet.

Il se réchauffe d'une eau-de-vie dont l'odeur suave m'écœure. Il boit de l'alcool chaque matin, dès le réveil. Un mouvement subtil de sa nuque, un pli disparaît à la racine de ses cheveux. Quelques gorgées, et il se détend.

Il m'observe et, d'une voix sépulcrale, me demande :

– Qui chantera le kaddish pour toi, Jeanne ?

Je me précipite vers la bassine et dégueule. Je me redresse, ivre de bile, et le cherche du regard.

Il a de nouveau disparu.

*

La nausée gouverne mon corps.

Tout m'écœure, manger, faire la diète, l'odeur acide qu'exhalent les bouteilles de vin entamées, au pied de notre lit, le tabac froid dans les cendriers, l'essence de térébenthine qui s'évapore des bidons ouverts.

Je marche dans la rue, et soudain, je vacille. Je m'agrippe aux murs. Une main amie se tend pour me secourir, rue Bréa ou au carrefour de la Gaîté, Accrochez-vous à mon épaule, mademoiselle. On va chercher une ambulance ?

Mais toujours ce roulis, cette amertume au creux de l'estomac qui inonde mon palais et irrite ma gorge.

Avalez donc un petit remontant, du sucre avec de l'alcool de menthe, et c'est reparti, vous verrez.

Personne ne peut rien pour moi.

Je repars, seule, étrangère à moi-même.

Je finis par consulter notre médecin de famille, place de la Contrescarpe. Celui auquel maman s'était confiée quand j'avais cinq, six ans. J'étais toute petite sur le fauteuil en cuir. Je me ratatinais à mesure qu'elle exposait la « situation ». Je comptais les platanes dans la cour. Un, deux, trois, quatre… Elle me montrait du doigt.

– Cette petite comprend ce qu'on lui dit, mais elle ne répond pas, pas un mot, pas un son. Et elle ne veut pas jouer comme les fillettes de son âge. Elle reste assise des heures à regarder par la fenêtre. Ce n'est pas normal.

Il avait haussé les épaules et indiqué un spécialiste de l'hôpital Laennec.

Maman avait payé la consultation, s'était levée et nous étions reparties. Sa main contenait la mienne. Elle me traînait dans son sillage, Tu finiras par me tuer, à ne pas être comme les autres, tu finiras par avoir ma peau.

Je m'allonge sur la table d'auscultation.

– Tu ne te sens pas bien ? De la fièvre ?

Il écoute mes bronches, cherche des ganglions sous mes aisselles et dans le cou. Il palpe mon ventre et examine mes oreilles.

– Ouvre la gorge, fais « Ah ». Rien. Tu as pris du poids ?

Mes hanches se sont élargies. J'ai davantage de ventre. Pourtant, je ne mange rien. Je me sens à l'étroit dans mes habits les plus amples.

– Il y a une épidémie de gastroentérite en ce moment, j'aurais préféré te diagnostiquer cela.

Il soupire.

– Mais tu es enceinte, Jeanne.

La nouvelle ne me surprend pas. Les haut-le-cœur, la fébrilité… Je le devinais sans vouloir me dire ces mots : je suis enceinte.

– Tes parents sont au courant ?

Je suis venue à leur insu.

– Désolé pour toi.

Le docteur écrit sur une feuille le nom d'une femme, adresse aux Gobelins.

– C'est un pseudonyme. Ces dames n'exercent pas sous leur véritable identité. Elle est sérieuse. Mais tu connais les risques, n'est-ce pas ?

J'acquiesce en silence.

– Tu y vas, tu sonnes. Elle t'ouvrira si elle est disponible.

Il m'embrasse sur le front.

– Peut-être ce serait mieux que quelqu'un t'accompagne… Le garçon…

J'observe mes pieds. Un trou au bout de la semelle droite laisse passer l'eau de pluie et trempe mes bas. J'ai bien tenté de rafistoler ce godillot, mais la couture ne résiste pas aux intempéries.

Je passe la porte. Alors qu'il vient de refermer, je l'entends souffler :

– Cette pauvre petite Hébuterne, j'aurais jamais pensé… Une gamine…

*

Plus rien n'est léger.

J'écris dans ce carnet des phrases qui ne me disent rien.

Je suis enceinte ; je suis en état de grossesse ; j'attends un enfant.

Mon corps est désormais aimanté à la terre. Chaque jour, il épaissit et écrase mes pensées.

La « grosse faute » ne se voit pas encore. Mais elle s'affichera bientôt en large sous mes vêtements, preuve de ma luxure. J'aurai beau essayer de la cacher sous le taffetas, les ponchos et pullovers en laine, tu parles ! Les gens poseront sur moi un regard plein de commisération.

On interdira aux voisines de me fréquenter, cette mauvaise graine, cette ivraie. On les obligera à détourner la tête. On me claquera la porte au nez. On me fera porter des chrysanthèmes.

Et ça bavassera à n'en plus finir sur la rousse du cinquième étage, une sorcière.

Les cancans, le qu'en-dira-t-on, ça achèvera papa et maman. Une fois qu'ils sont lancés, les radoteurs ne cessent jamais, le dimanche à table, devant leur rôti dégoulinant de sauce, le soir avant la prière, après la messe, et à voix basse, dans les parties communes de l'immeuble, rue Amyot. Une fille-mère, encore une qui s'est allongée hors mariage, une marie-couche-toi-là, le cul plus gros que le ventre. Elle s'est fait engrosser comme une putain. Plus personne ne voudra d'elle, sauf peut-être l'Église. Oui, l'Église se montre si bonne pour ces demoiselles-là.

Elle a quoi ? Quinze ans à peine ? Je répondrai en silence (mais droit dans les yeux, qu'ai-je à perdre maintenant que j'ai perdu mon honneur ?), J'ai bientôt vingt ans, madame.

*

Amedeo ne dort plus à l'atelier.
Il ne fait que passer.

Je lui murmure des mots d'amour, *Love*, reste au moins cette nuit, des mots qui ne me ressemblent pas, *Tesoro mio*, juste encore quelques minutes, *Ich liebe dich*, mon cœur.

Ma voix s'est enrayée.
Il m'observe sans me répondre.

Je laisse ce carnet ouvert à la page où la nouvelle retentit comme de la porcelaine brisée. *Sono incinta.*

Il n'y pose pas les yeux, selon la règle que nous nous sommes tacitement fixée. On ne fouille pas dans les affaires de l'autre avec la fureur de ceux qui se sont aimés et qui finissent par fureter partout pour se prouver qu'ils se haïssent. On ne regarde pas dans les livres, les annotations, les phrases soulignées trois fois, dans les albums, les croquis, pas même sous le voile, les toiles inachevées. Pas de jalousie, quand bien même le désir fou de possession se fracasserait sur la réalité : je ne suis pas lui, il n'est pas moi.

Sono incinta.
Il passe à côté sans le voir.
Ces mots ne veulent rien dire pour moi.
Ces mots ne veulent rien dire pour lui non plus.

*

Il a besoin de disparaître, de glisser hors du quartier, hors du temps. Besoin de marcher sans but dans Paris, de sortir de la ville, de suivre les méandres du fleuve. Il s'assoit dans une échoppe, écoute les conversations des inconnus – clientèle d'habitués ou commis voyageurs.

Il a besoin du silence, loin du brouhaha de Montparnasse.

*

En son absence, je transgresse la règle qui régit notre vie de couple.

Je soulève le drap qui recouvre la peinture sur son chevalet.

D'habitude, Amedeo ne laisse jamais une toile inachevée plusieurs jours d'affilée. Il la termine en quelques heures. C'est le portraitiste le plus rapide de Montparnasse, selon Léopold Zborowski qui vante à ses acheteurs les facilités hors du commun de son chouchou. Trois traits, quatre aplats, et c'est joué. Un génie.

Il lui arrive de déchirer son travail et de tout jeter par la verrière entrouverte.

Mais cette toile, il y revient sans cesse, la nuit, à la lueur de la lampe à huile, au petit matin. Il la reprend dès qu'il rentre. Il grommelle en mélangeant les couleurs, quelques mots à peine audibles, « terre de Sienne », « *mandorla* »,

« masque imperturbable », « beauté insulaire », sans aucun sens.

Puis il la recouvre, et repart, furieux. Que cherche-t-il ?

La vérité, celle qui se cache derrière les yeux. L'âme sœur.

*

Le fond de la toile est brossé, d'un bleu-gris tel que je les soigne sur mes propres tableaux.

Amedeo a travaillé dans mes teintes.

Cela me flatte.

Cela me tourmente.

S'y détache une femme charnue, debout, les épaules rondes.

Elle me fixe avec dureté. Des sourcils fins soulignent un regard profond, un œil un peu plus clair que l'autre. Une chemise blanche dissimule son sexe.

Sur son visage flottent les désirs d'Amedeo.

Il a inscrit « Elvira » au crayon sur le côté droit de la toile, d'une écriture peu assurée.

Ce regard de prédatrice, c'est celui de la bohémienne que j'ai croisée dans notre escalier, le matin après le concert.

Les bourgeoises, faut leur extorquer ce qu'elles ont de meilleur.

Elle aurait pu en venir aux mains, la matrone.

*

Je ne sais pas avec quels mots raconter la douleur.

Juste écrire : *Je saigne.*

Des gerçures sont apparues au bout de mes doigts ; mes lèvres sont également fendillées ; je ronge mes ongles, en arrache les cuticules, comme maman le fait quand elle est suprêmement inquiète et que toute sa violence s'est logée, en boule, dans le plexus. Elle ne peut plus respirer. Elle ne peut plus parler.

J'étouffe.

Tout mon corps me fait mal depuis que j'ai rencontré Elvira.

Lunia passe des après-midi entiers avec moi, à l'atelier. Ce n'est rien. Elle masse ma nuque avec une huile d'amande qui laisse sur ma peau une odeur doucereuse. Ce n'est rien. Dors un peu. Ça va passer, tout passe avec le temps. Oui, le temps arrange tout.

Elle chante toujours la même berceuse. *Ay-lu-lu lu-lu…* Comme une maman.

Rien n'apaise la jalousie qui me tenaille.

J'envie la gouaille agressive d'Elvira, sa beauté sûre d'elle-même, les moments qu'elle me vole avec Amedeo.

Il malaxe sa peau, se replie dans ses méandres. Ils s'endorment en un même souffle, et se réveillent dans un corps-à-corps torride. Leurs sueurs mélangées, leurs halètements, leurs cris me poursuivent jusque dans mon lit d'où je me relève morcelée, pour vomir.

Amedeo me célèbre dans ses toiles. Mais c'est elle qu'il rejoint la nuit désormais.

– Il la baise ! me dit Soutine. C'est une de ses nombreuses putains. Une nana venue de Marseille, un peu perdue ici... N'en fais pas tout un plat. Les hommes sont infidèles par nature. Leur amour n'a rien à voir avec ça. Il t'aime, mais il la baise. C'est la vie, chasse ce romantisme en toc, et souris un peu. Moi, je ne suis resté fidèle qu'à ma mère. Faut dire qu'à Smilovitchi c'était calme plat de ce côté-là. À Paris, les corps se débrident et se donnent sans compter. France... France ! Patrie des droits de l'homme, de Georges Clemenceau et de l'amour ! Ici, je couche dès que l'occasion se présente. Avec mes modèles, avec des Américaines, avec ma répétitrice de français, avec des prostituées, celles qui attendent rue Stanislas, enveloppées dans leurs boas roses, avec des collégiennes, avec des femmes mariées. Aussi des femmes mariées, Jeanne. Ne me regarde pas avec ces yeux ronds, tu me fais peur. Il n'y a qu'une jeune fille naïve comme toi pour croire à la fidélité des corps.

Le discours de Soutine résonne avec celui, cassant, de mon frère, tout ce qu'il me dirait s'il me voyait engluée dans le malheur, impuissante à échapper à cet amour.

Jeanne, ce que tu peux être niaise. Les hommes ne pensent qu'à une chose : la bagatelle. Moi, je ne me sens plus concerné. J'aurais pu faire vœu de chasteté et de silence, me retrancher à l'abbaye de Lérins, et y mourir heureux. Le sexe ne m'intéresse plus depuis que je suis entré en guerre.

Quand mon régiment fait halte dans une ville, la première chose qu'on demande, ce n'est pas l'église, c'est le bordel. Et les copains défilent, parfois tous sur la même fille, les uns après les autres, peu importe qu'elle dégorge de leurs spermes, et même pas peur de la chaude-pisse. Quand il n'y a pas de bordel, ils se masturbent avec les escalopes de dinde qu'on leur fournit pour garnir enfin un bon repas après des jours et des jours de disette. Voilà les hommes. Ils préfèrent se branler que bouffer. Faut bien écouler le liquide séminal. Ouvre donc les yeux. Ton Amedeo ne déroge pas à la règle qui régente notre vie minable. Il n'est pas meilleur que les autres. Il est peut-être même pire.

*

Amedeo ne disparaît pas toujours dans les draps d'autres femmes, d'Elvira ou de fillettes qui lui servent de modèles. Il s'en va pour échapper au bruit des cafés et à ses propres fureurs.

Il dit que c'est plus facile de ne pas travailler, de s'amuser, de boire, de jouer au *maestro*, de danser la gigue au Bal Nègre. C'est plus facile de briller, de se vanter, que de se confronter à la spirale du vide.

Amedeo grimpe dans un train, à Orsay ou à Saint-Lazare, sans regarder la destination. Il descend quand le paysage ou la lumière lui plaisent ou qu'il se réveille d'une longue sieste, la peau du visage collée à la vitre.

Il erre aussi au musée du Trocadéro et dans les salles d'antiquités grecques et égyptiennes du Louvre, caresse les volumes des corps. Il reste des heures à contempler une frise rapportée d'Angkor Vat, une arcature ornée de divinités. Il copie dans son album bleu le déhanché de déesses dansant dans la pierre, leurs nez épatés, leurs sourcils se rejoignant en une ligne plate sur le front. Parfois, il pose ses lèvres sur leur bouche de Joconde et c'est moi qu'il sent vibrer sous le froid mutisme de ses idoles.

*

Amedeo apparaît dans l'embrasure de la porte.

Je lui énonce de cette voix méconnaissable, étrangère à moi-même :

– Je suis enceinte.

J'étais prête à ce qu'il reparte à grandes enjambées. J'avais pensé qu'il m'assaillirait de reproches – Tu pouvais pas prendre tes précautions ! Tu pouvais pas te laver ! –, me crierait d'avorter en me lançant des billets à la figure « pour payer la dame ».

J'aurais pris l'argent. Je serais partie. J'aurais marché, marché, marché, crevé de marcher. Je me serais allongée sur une barque et me serais laissé bercer jusqu'à disparaître au fil de l'eau.

– *Sono incinta.*

Il me regarde, interloqué.

Il saute d'un pied sur l'autre, sillonne l'atelier. Il ouvre la porte palière, frappe chez Manuel Ortiz de Zarate, Sors, géant ! Sors ! Il criaille dans le couloir, les mains en cornet.

– Elle va me donner un fils ! Un fils !

Il déverrouille la verrière, le vasistas, et rebelote.

– Un fils !

Son visage animal disparaît subitement. Le rictus laisse place à un sourire enjôleur. Sa voix se teinte de joie.

– On ira à Livourne le présenter à ma mère. Voilà que je me prolonge… que je m'éternise sur cette Terre… Voilà que je deviens immortel par la grâce de Dieu.

Il me saisit entre ses bras, enfouit sa tête au creux de mon cou, mordille mon oreille, puis me lâche, se remet à bondir bizarrement.

À La Rotonde, il pavoise au milieu de ses amis, champagne pour tout le monde. Je tiens sa main serrée de peur de trébucher sur une chaise, contre une canne ou le soulier pointu d'une dame, de m'effondrer, épuisée, mais heureuse d'avoir enfin retrouvé mon amour, son alacrité.

Mais pour combien de temps ? ne puis-je m'empêcher de penser.

Plus tard, dans la nuit, alors que nous rentrons, Amedeo me dit de sa voix empâtée par l'ivresse :

– Pardon de mal t'aimer, *carina*. Jamais pu faire autrement.

*

Il me commande de n'ouvrir à personne, ni à Soutine, ni à la concierge qui réclame le loyer, ni à Zborowski qui vient déposer l'argent.

Nous ne mangeons pas, ne dormons pas vraiment.

Des jours entiers, il reste blotti contre moi.

Jeanne Hébuterne, enceinte.

Mes yeux sont d'un bleu dilué, presque blanc.

Mon ventre est à peine rebondi, sous la laine orange vif.

*

Maman touche le plastron de ma robe, comme jamais auparavant elle ne l'aurait fait.

Caresse légère, circulaire, d'une main soyeuse.

– Tu as faim ? Je te prépare un sandwich au pâté ?

Sa bague de fiançailles, or blanc serti de diamants, et son alliance ont, au fil des ans, creusé la peau fine de l'annulaire.

– Des cornichons ?

Elle continue cette câlinerie.

Que me veut-elle ?

Je recule, gênée, dans le couloir ; me retourne, fouille dans une poche. Je cherche un coin de pénombre pour m'y jeter, me fondre dans les motifs étranges de la tapisserie murale, jamais observés de si près. Des chiens de chasse dans un champ vert d'eau, un étang, des nénuphars, une biche aux abois.

Le médecin de la Contrescarpe l'a-t-il alertée ?

Jeanne est en danger, madame Hébuterne, je dois vous prévenir. Je lui ai donné l'adresse de cette avorteuse, et maintenant, je regrette, je regrette. Je ne veux pas de sa mort sur ma conscience.

Ou mamounette a-t-elle compris, à mon teint crémeux, à ma posture cambrée, aux nouvelles courbes de mon corps, que je suis enceinte ?

Elle ne cesse de me proposer tout ce qu'elle conserve dans son garde-manger.

– Une tartine à la confiture ? Abricot, framboise.

Elle attend, debout, face à moi. Elle me cajole. Des taches brunes sont apparues sur l'épiderme, au dos de ses mains, comme sur celles des vieilles dames.

Rien, je ne veux rien.

Elle reste statique pendant quelques minutes. Sa silhouette fine, vêtue de noir, se découpe à contre-jour dans l'embrasure de la porte.

Quel infime mouvement de son corps me donne envie de lui parler ? Un tremblement de sa lèvre inférieure, un clignement de paupières ?

Depuis le coin où je me suis retirée, je lui raconte tout. Amedeo. Le bonheur. La liberté. La peur et le désir, et même la jouissance, mon corps délié, à découvert. La jalousie qui me tenaille et dont j'ai honte. La tristesse. La solitude, les nuits où il me délaisse. La désespérance qui affleure.

Je lui confesse tout ce qu'une fille ne devrait jamais partager avec sa mère.

– Mon bébé, mon pauvre petit bébé.

Je m'approche et pleure contre son épaule. Toutes les larmes de mon corps. Ce flot ne s'assèche que lorsque j'entends les pas de papa sur le palier.

Elle me tend un mouchoir brodé de ses deux prénoms, Eudoxie, Anaïs.

Nous nous enfonçons dans un silence épais.

*

Maman ne me reproche rien. Ni ma légèreté, ni ma folie, ni cet amour insensé pour un étranger, un juif sépharade, un homme qui parle yiddish, ladino et hébreu aussi bien que sa langue maternelle, l'italien, un vieux, un artiste sans le sou. Elle ne m'admoneste pas pour le qu'en-dira-t-on qui nous pilonnera jusqu'au caveau, ni le mal que je leur fais, à eux, mes parents, et à André. Elle ne dit pas, Tu finiras par nous tuer, cette parole, répétée sur tous les tons depuis mon enfance, et qui me vrille.

Elle réclame mon adresse.

8, rue de la Grande-Chaumière, dernier étage.

Elle m'apporte la nourriture dans un panier en osier. Elle la dépose sur la table basse encombrée de cendriers, de livres, de feuilles volantes, de tubes de gouache asséchée, ou la range dans notre garde-manger. Elle fait parfois un peu de ménage, replie les draps, les change pour des propres à l'odeur de naphtaline de la rue Amyot. Tout cela sans une remarque.

Si Amedeo est là, elle lui dit, Bonjour, monsieur. Aucune brutalité, aucune rancœur dans le ton. Pas même les lèvres pincées, pas même le visage dur.

– *Signora*, enchanté.

Il ne joue pas les milords, ni les provocateurs à bourgeois, ni les snobs, ni les artistes maudits. Affable. Il se tient droit, Voulez-vous voir ma dernière toile ? Dites-moi franchement ce que vous en pensez. Restez donc prendre un café.

Il joue au bon gendre.

Maman repart, tête basse, une fois sa besogne accomplie.

*

Comment a-t-elle annoncé la nouvelle à papa ? Était-il tard ? Avaient-ils éteint la lumière de leur chambre à coucher ? Peut-être qu'ils dînaient l'un en face de l'autre. Entre deux bouchées, elle lui a dit ces trois mots saisissants d'effroi, Jeanne est enceinte.

Elle a sans doute pris des précautions oratoires, Achille, il va falloir être fort, apprendre à rester indifférent aux cancaneries. Nous prierons, n'est-ce pas, et les choses s'arrangeront car elles finissent toujours par s'arranger. Regarde notre André, la guerre, cette boucherie, et il est toujours vivant. Il nous reviendra, par la grâce de Dieu. Cet Amédée n'a rien d'un démon. Il est très poli et beau garçon, de surcroît. Il se tient bien, parle un bon français. Il ne gagne pas un sou, mais il semble avoir un certain talent. Jeanne m'assure qu'il sera riche. Elle l'aime. Contre cela, on ne peut pas faire grand-chose.

– Mais cet homme a enlevé notre fille, rétorque papa. C'est un kidnapping. Un rapt ! Elle n'est pas majeure, il a trente-cinq ans, et toi tu l'absous pour deux phrases gentilles, un petit café, des astuces de voyou qui veut se faire bien voir, des trucs qui ne lui coûtent rien.

Il avait connu maman plus raide autrefois. Elle semblait résignée.

– Nous trouverons un accommodement, argumente-t-elle. Il finira par l'épouser et notre honte sera alors lavée sur l'autel.

Avait-elle renoncé à ses principes, à la bonne morale qui régissait leur vie depuis toujours ? Ce type avait-il jeté un sort à la mère autant qu'à la fille ?

– Il est juif, Eudoxie ! Ce n'est pas ce que tu m'as dit ? Juif ! Alors arrête de rêver. Aucune rédemption… Aucune rédemption…

Ils restent engoncés dans la colère.

*

La nouvelle de ma grossesse se dilue dans les fracas de la guerre.

Les coups de canon grondent, orage et grêle de fer sur Paris pilonné.

Des obus atteignent Châtillon. Personne ne sait d'où ils sont tirés. Des avions militaires sillonnent le ciel dans un brouhaha inquiétant. Sont-ils français ? Sont-ils boches ?

Ça y est, nous sommes à la merci de la mitraille qui, jusque-là, me semblait si lointaine. Mon frère se rapproche de nous, toutes canines dehors, la balle dans la culasse de son fusil, le visage pétri de haine.

À la nuit tombée, la ville fait la morte.

Nous avons recouvert notre verrière de sparadrap anti-bombardement et cloué des planches de bois par-dessus. Nous vivons dans les ténèbres. Une odeur âcre stagne dans l'atelier.

Quand les sirènes se déclenchent, Amedeo me porte jusqu'à la cave où nos voisins se terrent et gémissent. Pendant de longues minutes, parfois plusieurs heures, nous restons serrés les uns contre les autres.

Parfois, nous n'avons pas le temps d'atteindre le sous-sol. Nous sommes piégés dans la cage d'escalier quand, dans un coup de tonnerre, les murs tremblent et se fissurent.

Le 11 avril, un obus pulvérise la maternité de Baudelocque, à côté de chez nous. La salle des naissances est dévastée. Un hôpital de campagne est installé au carrefour de Port-Royal. On pousse les chaises et les tables sur la terrasse de

La Closerie. Les blessés reposent sur des civières, sous des tentes de fortune, avant d'être trimballés ailleurs. Les ambulances sillonnent le boulevard du Montparnasse.

Les manchettes du lendemain rapportent six tués et quatorze blessés. Mais la police n'a pas enregistré les bébés de moins de deux jours dont les petits corps n'ont pas résisté à la déflagration.

La grossesse me tient à la lisière des événements.

Des heures je reste allongée, les bras noués sur le ventre.

Je regarde Amedeo peindre.

Il ne boit plus, ne mange plus, oublie le tabac posé sur la table basse. À peine regarde-t-il les notes qu'il a accumulées dans son album. Il déchire une page, épingle au mur une esquisse, quelqu'un croisé au hasard de ses promenades.

Puis il claque sa palette sur le bord de son chevalet, parfois au milieu de la nuit.

– Plus rien à l'intérieur.

Il s'allonge à côté de moi, roule une cigarette. Il en fume deux, trois, s'endort au milieu d'une phrase.

Je vais et viens dans l'atelier, retranchée dans le silence.

Rien ne sort Amedeo de sa torpeur.

*

Papa et maman me somment de les retrouver à Galluis.

Dans ton état, il faut te mettre à l'abri. On louera une chambre d'hôtel pour ton Amédée à Montfort-l'Amaury. Il pourra aisément te rendre visite. Tu lui montreras tes chevaux, la forêt. Il faut être inconscient pour rester dans Paris, d'autant qu'il y a cette grippe dont on dit qu'elle achève ses victimes en quelques heures. Aucun journal n'en fait état, Jeanne. Mais c'est très grave.

À La Rotonde, les clients n'ont que cette maladie à la bouche, sa fulgurance. Les bombardements leur font moins peur que cette fièvre qui saisit leurs proches, leurs voisins, une hécatombe qui frappe sans distinction les grabataires, les jeunes en pleine santé, les permissionnaires, les enfants.

Les morgues sont remplies de dépouilles putrescibles, non identifiées, pendant des jours.

Amedeo déambule, port altier, grimace cinglant son visage sous le chapeau de feutre noir.

– Tous ces dangers permanents. La mort qui rôde. On ne peut pas rester ici, vivre enfermés, sans lumière, comme des rats.

Nous n'irons pas à Galluis, il l'exclut. Il ne veut pas être relégué à l'hôtel comme un étranger.

Nous rejoindrons nos amis installés depuis plusieurs semaines sur la Côte d'Azur, entre

Cagnes et Nice. Soutine, Zborowski et sa femme Hanka, Lunia qui les a suivis. Léopold Survage, Anders et Allan Österlind, l'ancien marchand d'Amedeo, Paul Guillaume, Blaise Cendrars.

Venez, nous écrivent-ils par télégramme. *On vous attend sur la Riviera.*

*

Départ, exil.

Toutes nos affaires tiennent dans la petite valise en carton bouilli avec laquelle Amedeo est arrivé à Paris en 1906.

Nous ne sommes propriétaires de rien.

*

Papa a payé le voyage en première classe.

Mais il ne s'est pas déplacé à la gare.

Il veut éviter de croiser celui qu'il appelle « cet homme » ou « ce monsieur ».

Amedeo a dissimulé nos liquidités dans les doublures de nos vêtements, tout cet argent que papa nous a donné en prévision des frais sur place.

Maman et moi partageons la même couchette.

Il fume dans le couloir, se promène dans le train, revient avec des journaux, des confiseries, m'offre un carnet à couverture de cuir, acheté au vendeur ambulant qui sillonne les wagons en quête de clients.

Nous dînons tous les trois au wagon-restaurant. Amedeo se déploie en politesses et en sourires pour maman. Il goûte le vin, renvoie un plat trop froid, commande une corbeille de pain, Vous reprendrez bien un peu de fromage de chèvre ? Je ne le connaissais pas si urbain.

Il nous raccompagne et, d'un baiser sur le front, me souhaite bonne nuit.

– Maintenant que tu es affublée d'une duègne, finies les salacités, Jeannette. Repos, dodo. *Sogni d'oro, amore.*

Maman déplie une couverture et me borde.

– Il n'est pas si mal, ton Amédée. Mais il faudra qu'il t'épouse.

La robe couleur crème, bouffant sur mes hanches, papa à mon bras sur le parvis de l'église de Galluis. Pas de voile descendu sur mon visage, je ne suis plus vierge depuis longtemps, tout le monde le sait. Mon futur époux en haut-de-forme, nœud papillon, Eugénie Garsin tout en noir car elle porte encore, et pour toujours, le deuil de son mari. Les dames bien mises, permanentées sous leurs chapeaux à voilette, les lèvres pincées, une trace de rouge à lèvres maculant leurs dents saines et bien alignées. Tous ces regards sur mon visage encore poupin de fille-mère, le bébé dans un berceau, au fond du presbytère. Surtout, pas pleurer pendant la messe, bonhomme, rester bien sage.

Je n'ai jamais rêvé de cela.

Ni d'être l'actrice d'une telle cérémonie. Ni d'être affublée d'un enfant.

Je m'endors, bercée par le roulement du train.

Les mots inscrits sur le carreau en lettres capitales, « Il est interdit de se pencher au-dehors », flottent devant mes yeux et finissent par disparaître.

Je me lève au milieu de la nuit, comme en plein jour. Arrêt en rase campagne. Claquement des portières. Faisceau dc lampe torche projeté vers les vitres aux rideaux tirés. Des militaires et des chiens cavalent le long des rails. Le convoi repart lentement.

J'enfile un poncho par-dessus ma chemise de nuit, des chaussons.

Je frappe à la porte de la couchette d'Amedeo, la fais coulisser.

Personne. Lit défait, oreillers par terre. Sa valise, ses affaires renversées sur le linoléum légèrement ondulé. Des revues rangées à la hâte dans les pochettes dépliables.

Où est-il ?

Le couloir est vide, à l'exception d'une femme de dos. Elle fume une cigarette fichée au bout d'une tige en bois ciselé, le front collé à la vitre. Je reconnais ce squelette charpenté. Il m'a hanté, je l'ai honni. Mais cette fois-ci, je ne croise pas son regard.

Elle écrase son mégot, range la tige dans la poche intérieure de la veste d'homme qui recouvre sa chemisette en dentelle. Une veste en velours côtelé, marron.

Je la suis au fil des wagons. Elle ne se retourne pas malgré le bruit des portes qui claquent, bruit qui révèle ma présence, toujours sur ses pas.

Elvira voyage en troisième classe.

*

Amedeo a loué un appartement avec balcon, rue Masséna, en plein cœur de Nice, pour maman et moi.

Nous nous installons dans un ronron quotidien semblable à celui qui préside à la vie de mes parents, rue Amyot. Le ménage, les courses, la préparation des repas, la messe de dix-huit heures à Sainte-Réparate, couture le soir, un peu de lecture avant d'éteindre.

Maman déborde de vitalité alors qu'au fil des jours, je m'avachis.

Amedeo vient déjeuner tous les dimanches. Nous dressons la table sous l'auvent, sortons l'argenterie. Un chat noir grignote nos fonds d'assiette.

Ils échangent des banalités. Beau temps, n'est-ce pas, *signora*, avez-vous profité de la mer, occupez-vous bien de ma gracieuse, faites-lui à manger pour deux. Le bon air, c'est très bien pour elle.

À moi, en *aparté* :

– Ce soleil, cette luminosité crue, ça m'achève. Et cette architecture dégoulinante. Tout ce stuc. Je ne sais pas peindre là-dedans, trop d'agressivité. Même à Livourne, c'est plus doux qu'ici.

Il a barbouillé quatre paysages.

Les herbes rases, les meurtrières des maisons, la mort.

– À Paris, les tourments stimulent mon travail. Le malheur sculpte les visages… Ici… Ici, les gens ont l'air en pleine santé, quel ennui ! Et Zborowski qui réclame des toiles à n'en plus finir. Il ne comprend rien aux artistes, ce Pollak.

*

Mon visage, le visage de maman.

Le grain de beauté sous notre oreille droite, que nous palpons du bout des doigts dans un geste semblable.

Notre silence, identique.

La même moue désabusée.

Promenade en bord de mer avec Amedeo.

Maman ne nous laisse jamais seuls. Aucune volupté dans ces conditions, mais une tendresse un peu factice, bon chic bon genre.

Nous avons crayonné à quatre mains notre couple assis sur un banc face à la mer. Nos silhouettes confondues au premier plan. Une pinède derrière nous.

Nous formons un petit ménage si sérieux.

*

Amedeo repart au crépuscule, je ne sais où, baise la main de maman, se lance dans les grandes promesses, Je reviendrai vous voir, j'enverrai de l'argent. J'épouserai votre fille, ne vous en faites pas. Je n'ai jamais voulu me marier. Mais avec elle, c'est spécial. Et puis j'ai de l'honneur, *signora* ! Vous pouvez compter sur moi. Je ferai le bonheur de votre famille.

Il claque la porte. Je l'entends dévaler l'escalier. Le porche se referme dans un bruit doux.

Où s'éloigne-t-il en frappant le pavé ?

À chacune de ses visites, je m'efforce de maintenir la jalousie à distance. Vit-il avec Elvira ? L'emmène-t-il dans ses pérégrinations, dans les fiestas chez les Survage, à Golfe-Juan, dans les paillotes des plages d'Antibes ? Se baignent-ils, nus, dans les criques rouges de Saint-Raphaël ? Lui a-t-elle fait visiter Marseille, la maison de la Belle de Mai où elle a grandi, entourée de prostituées ? L'a-t-il accompagnée au cimetière des Vaudrans, sur la tombe de sa mère ? Elle lui dit,

Je suis orpheline et c'est ça qui me permet d'être libre. Je suis libre comme l'air, coco, elle lui répète sans cesse, le menaçant de disparaître de sa vie et de son lit s'il joue un peu trop les milords.

*

Amedeo voyage.

Toutes les semaines, je reçois de ses nouvelles.

De Saint-Paul-de-Vence, une carte postale :

Bonjouir Monstre !

Derrière une lande aride, crayonnée au fusain :

Aujourd'hui vu Renoir. Pas desserré mes dents. On n'est pas d'accord sur les fesses. Moi je n'aime pas dessiner les fesses. Il n'a parlé que de ça, le vieux satyre.

De Cagnes :

Demandé de l'argent à Zborowski pour toi et ta mère.

*

Je ne fais rien.

Je reste allongée sur mon lit, assise sur un rocking-chair en rotin. Je me balance, orteils à peine posés sur le carrelage frais.

J'attends.

*

Encore une lettre, plus longue cette fois :

Les circonstances, le changement de circonstances. Le changement de saison. Tout cela me fait espérer un changement de rythme et d'atmosphère car le bleu absolu, le soleil brûlant ne m'inspirent pas. Je laisse aux choses le temps de croître et de s'épanouir. Je flâne ces jours-ci. La féconde paresse, le seul vrai travail.

*

Lunia Czechowska me rend visite toutes les semaines.

Elle prend le train à Golfe-Juan, arrêt Nice-Centre.

Je l'attends sur le quai. Sa silhouette amaigrie apparaît sur le marchepied. J'attrape son bras et nous flottons à l'ombre des arcades, jusqu'à la rue Masséna.

Elle apporte des bouquets d'amaryllis dont l'odeur suave imprègne ses robes blanches serrées à la taille par une ceinture en cuir.

– Ici je ne mange rien. La chaleur me coupe l'appétit.

Un teint translucide. Des yeux gris, remplis de tristesse. Ses cheveux tressés forment une couronne sur sa tête. Elle est si différente de la femme qu'Amedeo a peinte il y a quelques années. Sur ses tableaux, elle rayonnait. Elle est devenue spectrale.

– Je n'ai pas de nouvelles de mon mari. J'écris rue Saint-Dominique, au Val-de-Grâce, au ministère des Armées. Mais mes lettres s'égarent, me reviennent parfois, sans tampons. Il a dû se perdre quelque part à la frontière du Nord. Il est peut-être mort, il a peut-être trouvé une autre femme… Je n'ai plus goût à rien, même pas aux fêtes des Survage, même pas aux dîners somptueux des Österlind. Je n'aurai jamais d'enfants, moi, je mourrai le ventre sec.

Mes questions affleurent. Elvira, Amedeo. Que fait-il ? Qui voit-il ? Comment va-t-il ? Parle-t-il de moi de temps en temps ? Et elle ? La chérit-il comme une fiancée, comme une épouse ?

Il dort chez les Österlind, à Cagnes, sans elle.

Ils lui ont donné la plus belle chambre aux murs peints à la chaux. Il passe ses nuits à boire à plein broc, crache aussi haut qu'il peut, observe le trajet que suit sa salive.

– Voilà où il en est. Il va, il vient. Il empire… Il ne faut sans doute pas trop attendre des hommes. Je t'aiderai, ne t'inquiète pas. Tu ne resteras pas seule avec ton bébé.

*

Une lumière rose filtre à travers les volets à claire-voie. Soleil brûlant dès le matin, ciel absolu, façades rougeoyantes de Nice.

Je me représente nue et belle, vêtue d'une nuisette en dentelle qui épouse ma taille, langoureuse, à l'aise dans mes formes rebondies, comme si j'étais une autre, une de ces femmes au visage béat, remplies de leur maternité.

Je me dessine enceinte, joyeuse, alors que l'inquiétude pour l'avenir de ce bébé ne me lâche pas, me poursuit même toutes les nuits.

Depuis quelques jours, il bouge. De petites bulles, puis des coups. Il me dit, « Je suis là. » Ce corps étranger. Moi et pas moi. Cet autre à l'intérieur, juste sous ma peau.

*

Au café, ce matin, j'ai peint une femme coiffée d'un chapeau cloche, une pochette au cuir violet entre les mains. Une de ces bourgeoises bien habillées, sûres d'elles-mêmes.

Elle lorgnait mon ventre, flairant un scandale. Vous êtes mariée ? C'est pour bientôt ? Je me suis cachée derrière la toile posée sur le chevalet. Vous semblez si jeune. Enfin, vous verrez, c'est le bonheur. J'ai travaillé dans mes couleurs, jaune, vert, bleu. Les femmes sont faites pour être mères, il n'y a que ça de vrai, croyez-moi, j'en ai eu six, tous bien vivants. J'ai exploré un style géométrique, tendance Art-déco. Mes enfants sont grands maintenant, je suis même grand-mère, imaginez donc. C'est le bonheur, le bonheur.

La femme n'a pas voulu que je lui offre la toile. Qu'est-ce que vous voulez que je fasse de ça ? On dirait une autre !

Et elle est partie.

Je veux m'émanciper de l'influence de Modigliani. M'émanciper, oui, m'enhardir à ne plus suivre la douceur de son tracé, son chromatisme chaleureux, et trouver ma voie, ne plus signer « JH », mais Hébuterne avec fierté, montrer mes dessins à l'un de ces marchands qui pullulent sur les hauteurs de Nice. Pourquoi pas ?

Je suis Jeanne Hébuterne. Voici mon travail. Est-ce que vous m'acceptez ?

*

Une lettre venant de Sanary :

L'autre dimanche, après notre déjeuner, on m'a volé mon portefeuille avec les 600 francs qu'il contenait. Promenade des Anglais, bar du Negresco, centre-ville, gare, je ne sais pas où. Il paraît que c'est une spécialité niçoise. Je vais au casino, je tente ma chance pour me refaire, mais c'est pire, j'y laisse ma montre, ma chaîne en or. Plus rien à moi.

Je suis surtout très embêté pour les papiers d'identité, Jeannette. Volatilisés avec tout mon argent. Zborowski m'assure qu'il faut faire des démarches à n'en plus finir pour en obtenir de nouveaux, que je serais avisé d'attendre la fin de la guerre. Les transmissions seront plus fluides. Me voilà donc officiellement apatride... AM

Sans ces documents, Amedeo ne pourra pas m'épouser.

Il ne pourra pas non plus reconnaître l'enfant.

*

Les premiers jours de juillet, chaleur caniculaire.

Je me baigne tous les matins, de bonne heure, enveloppée dans une grande cape en lin qui dissimule mes formes.

*

Deux jours de voyage depuis les baraquements où nous sommes installés à Meaux. Un convoi m'a déposé à Mâcon. Le train de nuit, en provenance de Paris, s'est arrêté pour ma carcasse. Un militaire, calotte vissée sur le crâne, baluchon dans le dos, et ils se mettent tous au garde-à-vous, même le cheminot. Pour ceux qui ne se battent pas, nous sommes des demi-dieux. Tu parles ! Je pourrais te raconter en détail, tu ne me croirais pas. La bêtise des états-majors, ces quignons de pain sec qu'on se partage à cinq, six soldats, la peur, Jeanne. Je pourrais te raconter la peur, les cris bestiaux dans le silence d'après la bataille. Tu penserais que j'exagère, que je te mens pour t'apitoyer.

Je ne sais même pas s'il est encore possible un jour de réapprendre à vivre, à se tenir moins raide, après cette pataugeoire.

Oh ! On va gagner. Je ne sais pas quand, mais on va gagner, c'est la seule pensée qui m'oblige, la seule qui me retient de ne pas m'entailler une main ou me tirer une balle au creux de l'aine. Ce n'est pas la peur du peloton, mais la certitude que nous allons gagner. Ce serait bête de finir sous les balles des copains. Encore quelques mois, Dédé ! T'es pas un crevard !

J'ai avalé ces kilomètres pour te serrer contre moi. Je veux te voir, te parler, Jeanne, mais tu n'es pas là.

Maman t'a annoncé mon arrivée le matin même (je lui avais demandé de ne rien te dire, elle n'a pas pu s'en empêcher) et tu t'es volatilisée.

Tu m'as fui.

Qu'y a-t-il au fond de mon regard que tu ne veux pas voir ? Mon jugement ? Il te condamne, Jeanne : prison ferme. Et surtout, il condamne cet homme de quinze ans de plus que toi, qui te fait fille-mère et nous couvre de honte pour des générations jusqu'à ce que les Hébuterne tombent dans l'oubli. Ça finira bien par arriver : notre nom n'est porté que par notre lignée…

Pour lui : l'échafaud !

Je condamne aussi papa et maman, leur absolue faiblesse. Que ne t'ont-ils pas enfermée à la maison ? Et maman qui te suit ici, à Nice. Maman qui te choie comme un chiot. Maman méconnaissable, elle qui était si ferme sur les principes, si à cheval sur la bonne éducation. Elle semble valider ton choix et approuver cet homme qu'elle appelle onctueusement Amédée.

Rien d'autre à te dire.

J'ai bu un café crème au petit bar, rue Masséna. J'ai serré maman dans mes bras et suis reparti.

Mes prières ne peuvent plus rien pour toi. Tu es perdue, tu sais ? Tu sais. La clairvoyance est l'une de tes qualités, même si, en matière amoureuse, tu donnes l'impression de te promener dans le noir.

Bonne délivrance,

André

Post-scriptum : Figure-toi que je le connais, ton Amedeo. Pas personnellement, of course. *Mais à deux reprises j'ai vu ses œuvres exposées. La première fois, en 1910, au Salon des indépendants. Deux portraits au milieu des toiles de Delaunay, Van Dongen et Matisse, des peintures dominées par les bleus, ça ne m'avait pas complètement déplu, mais cette dette trop évidente à Cézanne (et Dieu sait que je n'aime pas Cézanne !), j'avais trouvé cela tellement immature. La deuxième fois, c'était deux ans plus tard, au Salon d'automne. Il présentait un ensemble décoratif de statuettes et de masques, des faces lunaires, hiératiques, des traits géométrisés comme ça commençait à être la mode. On aurait dit des idoles. À vomir !*

Et la date, toujours en toutes lettres : treize juillet dix-neuf cent dix-huit.

Les confettis se dispersent entre les galets de la plage du Lido.

*

Plus je grossis, plus les visites d'Amedeo s'espacent.

Des semaines tristes passent sans lui.

Ni une carte postale, ni un petit bristol, le silence.

Maman ne prévoit plus son couvert le dimanche.

Le chat noir qui picorait dans nos assiettes a disparu.

Sans Amedeo, je suis une coquille vide.

*

Début octobre, il m'envoie une photographie.
Cliché froissé, bords écornés.
Il se tient voûté dans le jardin des Österlind, à Cagnes-sur-Mer, les mains agrippées au dos d'une chaise. Ses traits sont amaigris, ses yeux, creusés par les cernes.
Bonjouir Monstre !
Le masque du loup a de nouveau recouvert le visage de mon amour.

*

Les journaux célèbrent l'armistice.
À la une de *L'Intransigeant* : « Toutes nos conditions sont acceptées. »

Les cloches de Sainte-Réparate sonnent à toute volée.
Des flonflons, des pétards brisent la torpeur de la rue Masséna.
Les Niçois défilent sous les drapeaux tricolores.
La Marseillaise est jouée à chaque coin de rue.
Les orgues de Barbarie fleurissent sur la promenade des Anglais.
Les gens dansent, tango, valse, flamenco, encore un tango, la main de l'homme sur le dos de la femme, il la guide, il la presse, elle rit, la tête lancée en arrière. On les applaudit.
Des enfants dégustent des glaces fraise-vanille.
Je m'en fiche.

La guerre, pas la guerre. Les morts pour la France. Les cadavres de ces héros exhumés des tranchées. Les disparus. La patrie revivifiée. Rien à faire. Je ne pense qu'à me débarrasser du poids qui entrave chacun de mes gestes, me délester de ce fardeau inouï.

*

29 novembre 1918

Nous restons l'une contre l'autre à attendre l'enfant.

Maman, moi.

Le calvaire dure depuis plusieurs jours.

Ventre gondolé, souffrance qui cisaille.

Mamounette m'apporte des linges chauds, dort à mes pieds, à même le carrelage, dans sa robe de velours noir.

Elle ne se lave plus.

Je voudrais avoir la force de lui dire, Maman tu sens mauvais, prends du temps pour toi. Mais je ne veux plus qu'elle me laisse. Pas une minute, rester seule, pas une seconde.

Elle prie, se lamente d'avoir engendré une fille. Un fils n'aurait pas connu cette torture. Mais un fils, ça part à la guerre, de tout temps, ça va se battre. Toutes ses supplications ont peut-être servi à quelque chose puisque cet enfer est terminé, armistice signé, et que son André est bien vivant. Il sera de retour rue Amyot dans quelques jours.

Ça me fait une belle jambe.

Prions encore pour une bonne délivrance. Notre Père qui êtes aux cieux, que votre nom soit sanctifié, que votre règne arrive…

Des orbites creuses me scrutent.

Garce, crève donc pour ton péché.

Soutine et Amedeo peignent, à grandes giclées de pâte rougeoyante, mes viscères posés sur une table en bois.

Douleur d'éventrée.

Je ne sais plus qui je suis, où se pose mon corps. Debout, couché, accroupi. Il s'entortille.

Il se ploie.

– N'ayez pas peur, m'exhorte la sage-femme. Respirez.

Moi, je regarde la mort en face.

Tu es bénie entre toutes les femmes, et le fruit de tes entrailles est béni.

Grelottante et dévorée de spasmes, je beugle, Maman. Mes ongles labourent sa peau.

La sage-femme m'encourage :

– Je vois la tête, poussez un grand coup, allez ! J'ai les épaules.

Il apparaît dans une déchirure, avant que mes chairs ne se relâchent.

On l'emballe dans des langes blancs, fixés par des épingles à nourrice.

On le pose sur mon buste.

Mon sang sèche sur sa peau blanchâtre en filaments rouge Ingres.

*

Il m'a fallu plusieurs jours pour lui trouver un prénom.

Rien ne venait.

Aucune imagination.

*

Le nouveau-né est déclaré à l'état civil de père inconnu.

L'opprobre s'affiche en lettres grasses sur l'acte de naissance que maman a récupéré à la mairie de Nice.

« De père inconnu. »

– Il faut être marié pour obtenir un livret de famille, a précisé l'officier.

Maman est repartie, tête basse sous sa voilette de deuil.

On prévient Amedeo par télégramme.

Il répond :

Ce n'est pas un garçon. Mais je l'aimerai quand même.

La petite Jeanne est née.

*

Pas de faire-part.
Pas de baptême.
Porte close au royaume de Dieu.
Maman n'a même pas parlé de la naissance au curé.

*

J'ai attendu la visite d'Amedeo pendant des jours, des semaines, jusqu'à Noël.

Dans une lettre, Zborowski me dit qu'il est retourné à Paris pour les funérailles de Guillaume Apollinaire.

Notre poète national est mort deux jours avant la fin de la guerre de la grippe espagnole. Il a réchappé des champs de bataille mais pas de cette saloperie. Il a été emporté en quelques heures. Grande souffrance.

Amedeo va revenir. Il veut voir sa fille.

J'en profite pour te féliciter, Jeannette. Hanka se joint à moi, et toute la bande de fêtards bien sûr.

Amitiés,

Léopold Zborowski

Post-scriptum signé de Lunia : La gloire couvre de ses ailes sanglantes les champs de bataille et toi, tu donnes la vie. Mazel tov !

Post-scriptum signé de Chaïm Soutine : Modi a viré Elvira. Oublie cette péroreuse. À toi, il t'a fait un enfant.

*

Je suis la grande Jeanne.

Elle est la petite Jeanne.

Rien ne nous relie, à part ce prénom. Pas un échange de regards, pas même l'amour, certainement pas ce qu'on appelle l'« instinct maternel ».

Lunia la berce. Elle trouve les bons gestes, les jolis mots. *Aylululu ma jolie.* Elle a tricoté un bonnet, brodé le prénom en lettres roses sur des langes.

Prends-la, toi qui veux tant un enfant. Je te l'offre pour que tu ne meures pas le ventre sec.

Moi, je n'en voulais pas.

Moi, je voulais me donner entière à Amedeo.

*

Je fixe la rue Masséna, en contrebas.

Le vide m'aspire.

Je tangue, me rattrape au dossier d'un fauteuil.

Avant cette naissance, les fenêtres ouvertes ne me faisaient pas peur.

La nuit, le jour, les vagissements aigus résonnent et décuplent d'intensité dans l'appartement.

Maman ne se débrouille pas mieux que moi. Elle égare une épingle à nourrice dans les draps du berceau ; laisse filer le landau et ne le rattrape qu'*in extremis*, avant qu'il ne s'encastre dans une calèche. En voulant baigner le nourrisson, elle le fait glisser dans l'eau savonneuse.

Maman, si prompte à faire le ménage, à récurer les angles quotidiennement, se révèle empotée comme une femme qui n'aurait jamais voulu d'enfants, qui n'en aurait aucune expérience.

Moi, je ne sais pas comment on berce un bébé. Jamais appris ces choses-là.

Je suis capable d'imiter Cézanne, de me lover dans le style d'Amedeo Modigliani, du Douanier Rousseau ou de Rembrandt. Je sais tout peindre, *Mona Lisa*, les paysages secs du Midi, une vieille dame austère, des fruits pourrissant dans un compotier, les immeubles roses aux volets clos, la promenade des Anglais pleine de Russes en goguette – sauf ce petit corps ingrat, braillant sous ses couvertures, les yeux profonds comme ceux d'un aveugle.

Même quand il s'agit d'en parler dans ce carnet, de tenter de circonscrire mes émotions, je suis à court de mots.

*

La voix chantante d'Amedeo dans l'entrée de l'appartement :

– *Sono venuto.*

Demain, c'est Noël.

Ses joues et son menton sont couverts d'un poil noir, le teint, verdâtre. Il force un sourire, me serre entre ses bras, chantonne au-dessus du couffin.

Tout sonne faux.

Sur une gourmette en or, il a fait graver le prénom. Au dos de la plaque, la date de naissance du bébé.

Jeanne, 29 novembre 1918.

Un sifflement accompagne chacune de ses phrases. Ses bronches graillonnent et se remplissent de glaires qu'il crache continuellement dans un mouchoir souillé de sang.

Il déplie une lettre de sa mère pour me la lire.

– « Mon très cher Dedo… Si la télépathie est quelque chose, tu me sentiras près de toi et des tiennes »…

Sa voix se brise.

Il repart, le souffle court, appuyé sur une canne qu'il a sculptée dans du bois d'olivier.

*

Je fixe mon reflet dans le miroir.

Mes traits vieillis, dévastés de fatigue. Ma bouche flétrie. Cette maigreur à laquelle mon corps n'est pas habitué, et pourtant, je me relève la nuit pour manger, de la viande en sauce, du pain et des pâtes, des fruits secs, des choux à la crème.

Je me rétracte.

Je me creuse.

En vain, je cherche la figure poupine de mon enfance.

Une natte, puis l'autre.

Je coupe mes cheveux, claquement sec des ciseaux.

Ils se déploient sous mes oreilles.

Cette coiffure me donne un air de garçon manqué, à escalader les arbres, chiper des cerises sur la dernière branche, dans le jardin du voisin, à jouer à la balle, à se battre avec les garçons du village, à partir à la chasse au sanglier dans la forêt de Galluis, à s'engager dans la guerre, les nerfs au combat, belliqueux, chevalier sans peur et sans reproche.

Tout cela, c'est mon frère qui l'a fait.

Moi, j'étais bien sage, perdue dans mes rêves. Je peignais comme il me l'avait appris, de mornes plaines, en attendant qu'il les examine et me félicite.

J'enroule mes tresses dans du papier de soie, l'une pour André, l'autre pour Amedeo, avec ce mot griffonné, le même aux deux hommes : *Ci-gît la chevelure flamboyante de feu mademoiselle.*

1919

Je suis incapable de m'occuper de l'enfant.

Depuis que nous sommes rentrés de Nice, maman refuse de la garder rue Amyot.

Papa ne veut pas en entendre parler.

Eudoxie a insisté, lui a décrit le visage joufflu, les sourires aux anges. Un « don du ciel ». Blonde, toute potelée, de longs cils, une petite bouche édentée.

– Accueillons-la, Achille. On ne peut pas l'abandonner à cette vie indigne... Les punaises dans les couvertures, les moisissures, cette humidité poisseuse... Nous ne pouvons pas la laisser là-dedans.

Mais papa a secoué la tête.

– Je ne veux pas avoir affaire à ce monsieur. Et puis on dira quoi aux voisins ? On expliquera ça comment au curé ? On se justifiera comment ?

– Est-ce si important, tout ça, désormais ?
– Pas d'enfant illégitime chez les Hébuterne.

*

André est rentré à la maison, bien vivant.

Maman ponctue chaque fin de phrase de « merci doux Jésus ».

C'est insupportable.

Que sait-elle des trous invisibles que la guerre a creusés en lui ?

Mon frère porte sur le visage la honte d'avoir survécu à ses camarades tombés pour la France, et l'opprobre jeté sur sa famille depuis que sa sœur a enfanté hors mariage.

Il me fait de la peine, mon *little brother* chou.

Dans mes croquis, je le peignais plus corpulent, mâchoire carrée, forci par la lutte physique, les soupes au pain. Je le peignais tel que je l'espérais.

Mais il s'est asséché. Ses vêtements flottent sur sa silhouette. Son visage est plein de tics et, parfois, il ferme les yeux, récite comme un perroquet, *Il y a eu des fautes. N'y songeons plus que pour les réparer*, avec la voix martiale de Clemenceau le jour de son investiture. Il ricane, *Chaque peuple paraît à travers les rues de l'Europe avec sa petite torche et maintenant voilà l'incendie*. Il éclate de rire, se frappe la panse et s'exclame, Jaurès, crevard !

Il se balance d'avant en arrière. Crevard, le petit juif sans talent ! Ses orbites me scrutent sans me voir. Crevard, le planqué !

Il murmure des phrases incompréhensibles, tape du poing sur la table.

– Rentre à la maison, Jeanne, et tout de suite.

Il ne peint plus, assis des heures, prostré, à ne rien faire. Les Toscano restent dans leur emballage. Son index bat la mesure du temps qui passe.

*

André me fait porter des bristols, rue de la Grande-Chaumière.

D'accord avec la ligne de papa. Maman n'est pas assez ferme. Depuis qu'elle est revenue de Nice, c'est : Amédée par-ci, Amédée par-là. Elle passe tous nos dîners, tous nos déjeuners, à le défendre, à dire que rien ne peut s'opposer à votre amour. Elle ne veut pas admettre que ton Rital, c'est un bandit de grand chemin.

Fille-mère tu es, fille-mère tu resteras. Ce type ne t'épousera jamais, Jeanne. C'est un salonnard. Il fréquente assidûment les bordels, à Pigalle. Il dort parfois chez une dame, rue Daguerre. Ça ne te dérange pas de vivre dans la misère et qu'il claque votre argent chez les filles, en alcool, en boustifailles ?

As-tu pensé à confier la petite à un orphelinat ? Elle serait toujours mieux qu'avec ta bande de poivrots.

Je ne détruis plus les billets de mon frère. Je les abandonne là où je les ai lus. Sur la bibliothèque, à côté de Hölderlin. En marque-page, dans *À rebours* et *L'Éducation sentimentale*. Au pied de mon chevalet. Sur la bordure du lavabo. Sous mon oreiller.

J'en ai essaimé un peu partout dans notre atelier.

Amedeo les ignore.

*

Allez, avoue que tout ça te pèse. Cette vie d'indigente. Avoue que tu souffres à mourir, seule, dans votre cloaque. Avoue ! Et reviens chez les parents, sister, *reviens lavée de cette honte. Pourquoi ne pas envoyer ce bébé à Livourne dans la famille de ton peintre ?*

Je laisse l'enfant quelques jours dans une pouponnière, à Chaville. Amedeo va la chercher, contre ma volonté. Il la ramène chez nous.

Je la dépose rue Joseph-Bara. Lunia la câline, l'installe sur un tapis, lui donne un hochet, des biscuits.

La petite Jeanne me tend les bras dès que je pars, semblant me dire de rester. Elle pousse des cris aigus que j'entends, amplifiés, jusqu'à l'angle de la rue Notre-Dame-des-Champs.

Je me détourne avec hâte vers mes heures de liberté.

Ma chère liberté ! Marcher, seule, dans les allées du Luxembourg, déambuler autour du cimetière du Montparnasse, dessiner une femme assise à La Rotonde, galurin vissé jusqu'aux yeux, commander un chocolat liégeois ou un americano, traîner sous les couvertures, lire des poèmes, Lautréamont, Mallarmé, retrouver Amedeo dans un de ses petits hôtels de la rue Sainte-Beuve, frapper à la porte de la chambre bleue, trois coups secs, Je t'attendais, ma Gitane, faire l'amour à nouveau, enrouler nos corps, dans un cri d'extase.

J'oublie la petite Jeanne pendant des jours, ici ou là.

*

Lunia me ramène l'enfant, rue de la Grande-Chaumière.

Je ne connais pas les comptines, ni les histoires qu'on raconte habituellement aux enfants.

Je gazouille, m'endors en même temps qu'elle, nos respirations emmêlées, mange à petites bouchées, mâche en imitant la vache, la nomme « petite sœur grassouillette », « chouquette », « Nana », « Bibi », joue avec une balle. Son petit corps se déplie, rampe vers moi sur la couverture, se retourne sur le ventre, lève la tête.

Je ris, je pleure avec elle.

Je regarde ses cheveux pousser.

Un jour, la petite Jeanne nous appellera maman, papa. Maman, papa. Je me dis que cela n'a pas grand-chose à voir avec nous.

*

Variation autour de la Dame à la licorne. Six peintures au fond vermeil, touches bleutées, style géométrique, quelques collages sur huile à la manière de Braque. Six portraits d'une même femme pendant la guerre, qui se libère de ses carcans, famille, religion, mariage, enfants, et marche vers son désir et son ambition. Elle va devenir ce qu'elle est : une artiste libre de toutes contingences.

J'y renonce.

*

J'aurais préféré mourir au champ d'honneur plutôt que de voir ça, ta décrépitude.

Je n'ai pas travaillé depuis des mois.

La petite Jeanne siphonne mon énergie. Ses criailleries m'épuisent.

A-t-on encore des choses à se dire ? Moi, rien. Que des reproches, et ça me mine. Bientôt, je le sens, je deviendrai indifférent à tes choix. Ce sera la fin des haricots.

Mon désir et mon ambition se rétractent.
J'enterre mes projets.

Pauvre Jeanne... Et si je venais te chercher, il ferait quoi, ton bellâtre ? Il m'empêcherait de t'emmener avec moi ? Mais de quel droit ?
Je suis ton frère !
Il n'est rien !

Je deviens molle.

*

Je voudrais chasser la mort.
Elle est là, pas très loin.
Elle tourne autour de nous.

*

Amedeo empile ses tableaux dans un coin de notre atelier.

Léopold Zborowski vient se servir tous les jours. Un homme à tout faire les emporte dans une charrette à bras. Le marchand les expose rue de Seine, au sous-sol de sa galerie.

Une encre bleue sur papier. Amedeo tourmenté. Les bras gros, disproportionnés, le torse amaigri, tel celui d'un cocaïnomane.

Des portraits de femmes en pleine pâte. Thora, Annie Bjarne. Elvira accoudée à une table, entièrement habillée de noir.

Et moi, moi, moi, partout. Moi sous toutes les coutures. Moi seule. Moi avec Jeanne à bout de bras. Moi en totale disgrâce, double menton, ventre boursouflé, des bajoues, de vieux habits élimés, en jute.

Sur ses toiles, depuis que nous sommes rentrés de Nice, Amedeo m'enlaidit.

*

Il n'est plus que ce bloc granitique sur lequel se brise ma tristesse.

Mes gestes, mes mots, tout me semble déplacé.

Je reste des heures à ne rien faire, près de la verrière, ou allongée sur notre lit.

Je hais mon asthénie.

Ni bien avec le bébé.

Ni bien avec Amedeo.

Ni bien à peindre.

Ni bien nulle part.

Ni dehors, au milieu de la foule, dans les magasins de la rue de Rennes, dans les cafés de la rue du Bac, ni à l'intérieur. Ni, ici, rue de la Grande-Chaumière, certainement pas chez mes parents, avec André qui épie le moindre de mes gestes, qui guette un mot de trop et attend le bon moment pour me sauter à la gorge.

Même pas envie d'écrire.

Je vis à côté de ma parole.

Je vis à côté de moi-même.

*

Depuis quelques jours, la nausée m'empêche de me lever le matin.

La seule vue de la nourriture, l'odeur du café et du tabac froid, me dégoûtent.

Mes entrailles, de nouveau, s'embrasent.

Inutile de consulter le médecin, place de la Contrescarpe. Il m'annoncera la nouvelle avec une mine accablée. Il pensera, « La pauvre petite Hébuterne », en refermant la porte sur mon corps.

– *Sono incinta.*

Pas de champagne, aucune effusion.

Amedeo rédige sur une feuille volante :

Je m'engage aujourd'hui 7 juillet 1919 à épouser mademoiselle Jeanne Hébuterne aussitôt les papiers arrivés.

Lunia Czechowska, femme au foyer, et Léopold Zborowski, marchand d'art, contresignent, seuls témoins de sa volonté de régulariser notre situation.

Je plie le papier en quatre, le glisse dans une enveloppe adressée à mes parents, rue Amyot.

Quelques jours plus tard, ce bristol de mon frère :

Et toi tu le crois ? Elle ne vaut rien, cette épître que tu nous envoies comme un trophée. On l'a montrée à un notaire et il confirme : RIEN. Quelle naïveté, Jeannette !

*

Je consigne le collier de perles de maman et la gourmette en or du bébé au mont-de-piété, rue des Volontaires.

J'ai trouvé une nourrice dans le Loiret et il faut bien la payer.

La petite sera bien à la campagne. Mieux qu'avec moi.

J'ai demandé à Lunia de l'y emmener. Sur le quai de la gare d'Austerlitz, je lui confie la valise pleine de peluches et d'habits. Pas d'adieu, pas d'au revoir. La petite Jeanne gazouille et se tortille dans le landau. Elle me cherche. Mais je la fuis. Je ne suis pas assez grande, moi. Je ne suis pas assez grande, je suis encore toute petite, pas maman, toute petite, avec ce désir pour mon homme, ce désir tenace sous la peau, qui résiste aux années.

Je remonte le boulevard Saint-Marcel, abdomen coupé en deux, les Gobelins, tripes à l'air, rue de la Glacière, rue du Faubourg-Saint-Jacques, gelée de tristesse.

Mais arrivée sur le boulevard du Montparnasse, juste après le carrefour de Port-Royal, je respire. Je vais enfin avoir le temps de peindre, enfin me retrouver seule avec Amedeo.

Il n'y a jamais eu de place pour personne d'autre.

*

Une seule minuscule toile depuis des mois, voilà ce que je barbouille à grand-peine comme un romancier alignerait deux phrases après des jours de disette, et des pages griffonnées, chiffonnées, jetées, et la certitude qu'il n'écrira plus jamais rien de valable. Petite musique sèche, bon à rien. On referme la machine à écrire, *for ever.*

Mon visage de trois quarts, nuque dégagée, collier de perles, chignon gracieux, maquillée, féminine, dans une tonalité bleu-vert : je laisse l'autoportrait à la vue de tous, et surtout d'Amedeo. Vois, mon amour, comme je progresse, admire l'affirmation de mon style.

– C'est quoi, ça ?

Il désigne mon chevalet avec une moue de dégoût, approche ses yeux de la croûte encore humide.

– Donc, toi, tu te vois belle ! Mais c'est pas ça, l'art, ma chérie. C'est pas se montrer si mignonne. C'est s'exhiber tous viscères dehors.

Je me jette sur lui.

– Jaloux ! Tu ne supportes pas de vivre avec une artiste. Tu ne tolères pas une once de talent à côté du tien.

J'arrache ses cheveux.

– Tu vantes mon travail à tes amis. Mais dès que l'inspiration me vient, tu ne peux pas t'empêcher de me rabaisser. Plus fort que toi.

Coups de poing sur son torse.

– Anna et Béatrice, à l'époque… Ça te rendait fou, ça te rendait fou, la possibilité d'être un peu dans leur ombre… Tout le monde le dit, tout le monde le raconte. Tu ne supportais pas.

Et je lâche ce mot que je n'ai jamais prononcé de ma vie.

– Crevard.

Il reste statique, articule seulement deux syllabes, avec calme.

– Harpie.

Je m'effondre à ses pieds, tête enfouie dans mes bras, honteuse, et me relève pour le mitrailler.

– La harpie, c'est Elvira. Je n'ai jamais rien dit pour Elvira. Jamais rien dit, moi.

– Elvira, au moins, elle était libre.

Je me cache de nouveau, immobile pendant des heures, terrassée par la honte.

À l'aube, il me rejoint.

– Tu es prisonnière, Jeanne. Engoncée dans la *sapienza*. Tu as tenté de quitter tes parents, ton frère. Mais tu souffres trop. Si vivre avec moi est si difficile, alors va-t'en. Épouse un homme qui acceptera de reconnaître les enfants et te rendra heureuse. Vous irez à Galluis le dimanche, en famille. Messe puis déjeuner comme tous les gens bien. André approuvera ton mari entre deux bouchées de charlotte aux fraises, Jeanne était faite pour la maternité. Elle est si épanouie. Elle peindra plus tard des toiles magnifiques quand les enfants auront grandi. Elle a le temps, elle est encore si jeune.

Il sèche mes larmes du plat de sa main.

– Tu ne me regretteras pas, Nénette. En repensant à nous, tu te diras, « Au moins j'ai connu la passion une fois dans ma vie. Je me suis accordé cela. » Mais tu retourneras à ta famille, apaisée et heureuse. Il ne te manquera pas, ce quotidien de misère que tu t'imposes avec moi. De toute façon, je ne peux rien t'offrir d'autre.

Je m'enfonce dans le silence.

– Tu ne dis rien. Tu ne dis jamais rien.

Il entortille mes cheveux autour de ses doigts.

– Je préférerais que plus souvent tu me sautes à la gueule. Mais ça ne se reproduira plus.

Il défait mon chandail, déboutonne ma chemise.

– Ça ne se reproduira plus car tu ensevelis tes démons sous la glaise. Tu as trop peur de les regarder en face.

Je flotte, absente, au-dessus de nos corps enchevêtrés.

*

Tout désir de peindre est à nouveau anesthésié.

La présence d'Amedeo, dans l'atelier, me glace.

Son absence me torture.

J'ai horreur de lui.

Horreur ! Horreur !

(Je rature ces mots.)

Cela fait des mois que je ne suis pas retournée chez papa et maman. Pas envie de croiser André, ni de leur quémander de l'argent, de la nourriture. Je préfère cette faim qui me tenaille et ma solitude noire.

J'ai croisé une de leurs voisines dans les jardins de l'Observatoire. Son regard en biais, son sourire narquois.

Le soir même, mielleuse, les bras chargés de sucreries, elle a frappé au cinquième étage.

– Alors la famille s'agrandit... Félicitations pour le bébé.

Maman a d'abord pensé que notre voisine lui parlait de la petite Jeanne.

– Quelle vitalité ! Ça se fête, n'est-ce pas ?

Papa lui a servi un dé de porto. Ils sont restés debout, contre la cheminée.

– Elle a eu un enfant il n'y a pas si longtemps, n'est-ce pas, Eudoxie ? Quand vous étiez à Nice ? Un deuxième si rapproché...

Une grimace a balafré le visage de mamounette. Papa n'a plus ouvert la bouche une seule fois. La voisine a fini par s'en aller.

Alors André a surgi de la chambre.

– Et voilà ! Voilà ! Elle va nous en faire combien des bâtards ? Vous êtes contents ?

*

Les toiles d'Amedeo Modigliani sont exposées à la Mansard Gallery, à Londres.

« French Art, 1914-1919 », critiques merveilleuses : « C'est encore et surtout dessinateur qu'il se montre dans ses tableaux. Son attitude quant au relief est celle d'un sculpteur et d'un dessinateur. »

Un collectionneur américain a acheté le grand nu (ode à son odalisque, moi, moi quand il me représentait encore en beauté) et l'a fait envoyer à New York.

Il l'accrochera dans le salon de son penthouse, vue sur Central Park. Un maître italien, se vantera-t-il auprès de ses amis, en sirotant un verre de Château-Lafite. Il louera le chromatisme audacieux, les formes généreuses du modèle, ce style inédit, jamais vu. Il les engagera à contacter le marchand, à payer cher pour ce peintre inspiré.

Ta cote monte, cher ami, lui écrit Léopold Zborowski dans un télégramme. *Bientôt la gloire.*

Il nous donne cinq cents francs par mois désormais.

Nous ne sommes plus si pauvres.

Peut-être pourrions-nous, comme Picasso, comme Pascin, dénicher un grand appartement bourgeois ou une maisonnette avec jardin, payer les services d'une demoiselle pour s'occuper, à notre domicile, de la petite Jeanne, et d'une bonne pour m'aider dans les tâches quotidiennes dont je m'acquitte si mal ?

*

À Noël, Amedeo nettoie ses pinceaux un par un, récure sa palette, referme les tubes de peinture, les range par teintes, jette les bidons d'essence de térébenthine éventés et les chiffons usagés. Il plie son chevalet, le pose contre un mur, et il se couche.

*

Il n'a plus la force de se lever.

De ses yeux dégouline un liquide jaunâtre.

Fièvre intense.

Il tousse et s'effondre sur notre lit, amorphe. Il marmonne :

– Des souris courent sur les murs, des rats creusent des tunnels dans le plafond… Tout finira par s'effondrer et nous ensevelir.

Moi je tiens encore debout.

Chaque matin, avec un gant d'eau savonneuse, je lave ce corps que j'ai tant aimé. Je commence par les pieds, monte le long des cuisses, entre ses jambes, son sexe, ses flancs, les aisselles, là où je me blottissais pour dormir. Je termine la toilette derrière les oreilles, sous les petits cheveux épars sur la nuque.

– Je ne veux aucun docteur, aucune infirmière, je veux voir ma fille une dernière fois. Je peux ? Je peux voir ma fille une dernière fois ?

Tu sens bon, *tesoro*. La mort attend, tapie dans l'ombre de notre couche. Mais elle ne nous a pas encore pris ton odeur.

*

Tu vois, il n'est pas fiable, ton brigand. À la première occasion, il t'abandonne. Et tu feras comment avec deux enfants sur les bras ? Avec quel argent tu vas les éduquer ?

Je ne sais même pas pourquoi j'insiste tant. Depuis que la guerre est terminée, plus rien ne me touche.

*

À l'aube, je me dirige vers la place de la Contrescarpe.

Le médecin m'ouvre la porte avant le début de ses consultations.

– Que fais-tu là, de si bonne heure, Jeanne ? Que se passe-t-il ?

Je quémande une seringue, des doses de morphine.

– Il va mourir, docteur. Il s'étouffe dans ses glaires. Il vomit du sang. Il transpire du sang. Il pisse du sang. Les draps sont imbibés de son sang et de sa sueur. Je vous en supplie.

– De quoi me parles-tu, Jeanne ?

– Amedeo… Le père… Mon amant. Bientôt mon mari.

Je pointe mon ventre du doigt.

– Le père… Bientôt mon mari…

J'espère l'amadouer.

– Non, demoiselle. Et quand bien même j'en disposerais, je ne peux pas t'en donner comme ça. Il faut l'emmener à l'hôpital de la Charité.

Je retourne, spectrale, vers la rue de la Grande-Chaumière.

Les crocs du boucher cliquettent derrière la vitrine, rue Saint-Jacques. Sur l'étal ruisselle le gibier. Nous ne sommes que ça, en fin de compte, de la viande que nous parons de belles couleurs.

Je traverse le jardin du Luxembourg, erre sous le ciel de branches enchevêtrées.

Je frotte le dos de mes mains sur l'écorce gelée des arbres, en arrache la peau opaline.

Même pas mal.

Des voix grondent.

Elles m'interpellent.

Elles grossissent, s'amplifient.

Mais taisez-vous, laissez-moi !

– Il est crevé, ce salaud ?

Elles se rapprochent.

Un souffle glacé parcourt ma nuque.

– Il est enfin crevé, ce salaud ?

Ne pas se retourner, avancer, presser le pas, courir. Échapper au bruit des pas qui me suivent, aux figures qui se figent sur les troncs, et me dévisagent.

Le froid brûle mes bronches. Mes os craquent. Mes sabots crissent sur le gravier.

Je tombe, me relève, perds une galoche, claudique, pied nu.

Une main se pose sur mon épaule, je me retourne.

André m'emprisonne entre ses bras.

Tu étais si doux autrefois, brother. *En avant, en arrière sur le cheval à bascule de notre enfance, mes mains sur tes épaules, hue, hue, tu criais, je riais.*

– Tu me dégoûtes, Jeanne.

Tu es devenu cet homme en guerre.

Il empoigne mes cheveux d'une main ferme.

Ça fait mal, arrête.

Il tire, je ploie, à genoux sur le sol rugueux.

– Tu sais ce qu'il a fait de toi, le juif ?

Tu étais mon roi.

Son haleine acide se répand dans ma bouche.

– Une putain engrossée.

Et il me lâche, et disparaît aussi soudain qu'il est apparu, et je tombe.

Je tombe.

1920

Amedeo ne bouge plus de notre lit.

Sur les derniers tableaux qu'il a peints, ses modèles ne sont plus que des fantômes d'eux-mêmes, vidés de leur vie intérieure, des pantins. Autrefois, il parlait avec eux, pénétrait leur psychologie, notait quelques mots dans son album, avant de s'engager sur la toile. Alors en quelques minutes apparaissaient leur corps, une expression, la grâce.

Là, plus rien.

Je peins frénétiquement comme il peignait, avant.

Quatre tableaux en moins de deux jours, sans manger ni dormir, exécutés en transe, la main disjointe de mon corps, de ma tête, de toute forme aboutie de pensée.

Les mots ne me disent plus rien.

Seules les couleurs me parlent, la chaleur des ocre et des taupe, rehaussés de rouge orangé. Ses couleurs.

*

Voici mon testament, *brother*.
Quatre pauvres toiles.

(1) *Nature morte.*
Le salon, rue Amyot. Mon carnet à spirale est posé sur la table. La plaque noire de la cheminée se reflète dans une bouteille en verre. Immuable sérénité de l'appartement alors que je suis tombée amoureuse d'Amedeo Modigliani et que tout bouge, tout bouge autour de moi.

J'ai été heureuse, toutes ces années.
J'ai connu l'amour, le grand amour, les sentiments que la plupart des jeunes filles de mon âge relèguent au fond d'elles-mêmes par peur ou par bienséance, dans une boîte vissée à double tour. Elles n'en ouvrent jamais l'opercule doré.
André, tu te marieras avec une demoiselle de ce genre, une demoiselle bien sous tous rapports. Je ne serai plus là pour en être le témoin.

(2) *Déjeuner du dimanche.*
À Nice, sous l'auvent. La table dressée, un chat de gouttière. Maman dans son rôle de duègne,

Amedeo et moi, enceinte. Nos doigts s'entrecroisent. Je veux le retenir mais il s'en va. Je ne sais jamais quand il revient.

Désormais, la mort fait la chattemite. Elle charrie des mots doux, des mots qui ne lui ressemblent pas.

Viens à moi, ma petite chérie.

Elle me convoque.

(3) *Mélancolie.*

Mon corps allongé sur le lit, rue de la Grande-Chaumière, enseveli sous les couvertures. Un prêtre est venu marmotter les derniers sacrements. Ou est-ce Maldoror qui se présente pour l'ordalie ?

Je n'ai rien à dire, Seigneur, rien à confesser pour me rédimer.

La soutane s'encadre dans l'embrasure de cette porte, qui s'est tant de fois fermée sur la silhouette d'Amedeo.

(4) *Autoportrait en suicidée.*

Un stylet planté dans mon cœur. Le sang dégouline sur le chandail noir que m'a tricoté maman. Ainsi en va-t-il de Cléopâtre, l'aspic mordant son sein, la laissant dénudée et à vif, donnée.

*

J'ai terminé ce compte rendu.

Plus rien à raconter dans ces pages.

J'aurais pu être un bon peintre. JH, jeune artiste dont les initiales suscitent la curiosité et quelques critiques dans *Le Temps* et *Le Figaro*, que les collectionneurs s'arrachent, de San Francisco à Moscou.

Pas eu le temps de devenir Jeanne Hébuterne.

Je ne suis que cet animal sur le point de mettre bas. Je sais les heures qui m'attendent. La douleur, à la naissance de la petite Jeanne, est restée inscrite sous ma peau. Rien ne s'est effacé.

Pourquoi s'infliger cela une deuxième fois ?

*

Amedeo claque des dents continuellement.

Son visage est froid, sa bouche tordue par la souffrance, ses lèvres bleutées, malgré le feu dans le poêle et les couvertures amoncelées sur son corps.

Je tiens sa main, le regarde pendant des heures, comme si, de cette manière, je pouvais imprimer son visage dans ma rétine, les ridules autour de ses yeux, sa bouche épaisse, les sourcils fournis, la pigmentation de sa peau.

J'applique des linges frais sur son front.

Sa voix allègre, sa face de loup, son ardeur à m'aimer et à me torturer, tout a déjà disparu.

Il n'est plus qu'un petit garçon privé de force, recroquevillé sur notre lit.

*

– Il faut le porter à la Charité, Jeanne. Maintenant !

Chaïm me presse.

– Il est en train de crever. Jeanne, réveille-toi…

Mais qu'il s'en aille !

Je remonte l'édredon sur le corps d'Amedeo.

Verrou fermé à double tour, ne plus ouvrir à personne.

Ils frappent du plat de la main, tentent de dégonder la porte par des coups de pied, des mouvements d'épaule. Foujita. Kisling. Zborowski. Ortiz de Zarate. Utrillo.

Lunia, au milieu de la nuit, murmure derrière la porte :

– Jeanne, sois raisonnable. À l'hôpital, on peut encore le sauver.

Je m'allonge contre Amedeo, respire son haleine cendreuse.

Je récite des poèmes à voix basse, ma bouche collée à son oreille, comme autrefois.

On frappe encore à notre porte.

C'est l'essaim des Djinns qui passe / Et tourbillonne en silence.

Je fais la morte.
Sur tes tempes tombe une rosée noire.

*

23 janvier 1920

Il dort paisiblement.
Il dort bien, n'est-ce pas ?

Son visage s'approche du mien.

Ses dents acérées vont me déchiqueter comme avant, comme le loup.

– Tu sais, la différence entre toi et moi ? Moi, j'ai toujours été soutenu par ma mère, même quand nous n'avions plus d'argent, que mon père avait fait faillite. Elle a toujours cru en moi. Elle m'a aimé de cet amour inconditionnel qui rend fort et permet de faire ce qu'on veut de sa vie.

Moi, je suis seule. Mes parents, mon frère, se sont détournés de moi. Ils m'oublieront.

– André reprendra la mercerie et continuera de peindre ses croûtes, le dimanche, en pensant avoir du talent. Il dira à ses enfants qu'ils avaient une tante autrefois, mais qu'elle est devenue folle, qu'on ne sait même plus dans quel trou elle vit désormais. Aspirée par la bohème, dévorée par son vieux juif de Livourne.

*

À l'aube, je m'arrache à Amedeo.

Mon corps empesé fuit l'atelier de la Grande-Chaumière, cette odeur rance de mort, désormais imprégnée aux draps, aux murs, à la peau de mon amour.

Je ne referme pas la porte.

Ils le trouveront agonisant sur notre couche, comme jadis ils le récupéraient plié en deux dans les poubelles du quartier.

Ils en riaient de mon pauvre amour alcoolisé.

Ils le pleureront.

Je ne serai plus là.

*

24 janvier 1920

Chaïm Soutine me trouve dans le jardin du Luxembourg, allongée sur une jonchée de feuilles terreuses.

– *Meshugah !*

Dans mon poing serré, un rasoir. Mon sang se mêle aux graviers dans la plaie. Il le retire de ma main et me couvre de son manteau.

– *Meshugah !* As-tu pensé aux enfants ?

Il attrape mon bras et nous marchons ainsi, à petits pas. Rue Férou, place Saint-Sulpice. Les lions de la fontaine crachent des stalactites acérées comme des dagues.

– As-tu pensé aux enfants ?

Rue du Vieux-Colombier, carrefour de la Croix-Rouge. Nous descendons vers la Seine, rue de Grenelle, rue des Saints-Pères, jusqu'à la Charité.

Mais de quoi me parle-t-il ?

*

J'entre à la morgue, engoncée dans le manteau, gênée dans cette marche par la protubérance de mon ventre.

J'avance dans le long couloir aux murs crayeux.

Un pied puis l'autre.

Ne pas tomber.

J'ignore la rampe fixée à la cloison, les bras amis.

Fichez-moi la paix, je veux être seule avec lui.

On me laisse.

– Je suis Jeanne Hébuterne. Je suis sa femme, dis-je à une dame coiffée d'une cornette.

Elle me désigne un chariot.

Il est là.

*

La dépouille d'Amedeo, recouverte d'un drap céruléen.

Seule sa tête dépasse.

Visage plein de croûtes, sang séché.

Il n'a pas été maquillé. Personne n'a pensé à donner l'argent pour qu'on le lave et le pare avant la mise en bière.

Des cheveux sont plaqués sur son front poudreux.

Sa peau est devenue plâtreuse.

Jamais vu aucun mort avant lui.

Je m'approche.

Il éructe encore, mais comment est-ce possible ? Personne ne l'entend, à part moi.

– Je pensais que tu étais une Gitane. Mais tu n'es restée qu'une petite-bourgeoise. Moi, j'aime les putains, les modèles qui couchent pour une nuit ou deux et ne réclament rien d'autre. J'ai en horreur les filles à papa. Celles qui te font croire qu'elles sont libres… Qu'elles sont sorties de leurs cages dorées.

Je recule, incapable d'embrasser une dernière fois cette figure qui n'est plus la sienne.

– Pas un adieu, pas un baiser, *principessa* ?

Je lui tourne le dos.

– Reste, ma beauté. Pardon, pardon, jamais su t'aimer correctement.

Je m'en vais.

– Ne me laisse pas seul avec la mort, ma petite sœur, ma fée. Je crois que j'ai un peu peur… J'ai un peu peur de m'en aller sans toi sur ce chemin.

*

Qu'adviendra-t-il de son corps dans quelques jours ?

Et sa voix ? Je ne l'entends plus me dire, Jeannette, ma bien-aimée, ma désirée, viens me voir, donne-moi ta bouche, laisse-toi aller contre moi. Je ne perçois plus ses mots d'amour. Curieux comme la voix des morts s'efface en un instant.

*

Je sors de la Charité par le portail principal. Jambes grippées. Nuque rigidifiée. La neige, sous la semelle de mes souliers, fait des ploc-ploc et mouille mes bas d'éclats boueux.

Ils attendent tous, là, sur le parvis.

Léopold Zborowski, cheveux gominés, peignés vers l'arrière du crâne, est habillé d'un smoking, nœud papillon. Il étreint Kiki, vêtue d'une robe longue à paillettes, dos nu jusqu'aux fesses. Elle pleure, embrasse Moïse Kisling, en costume trois pièces, qui serre entre ses bras Manuel Ortiz de Zarate, mêmement distingué.

Ils se lamentent, La camarde nous a pris l'aristocrate. Ils soupirent, Elle nous a enlevé le prince ténébreux. Chacune de ses toiles précipitait le battement de nos cœurs.

Une longue file d'amis bien coiffés, parfumés, en complet-veston, se forme sur le trottoir, devant l'hôpital : Matisse, Cendrars, Cocteau, Satie, Jacob, Breton, Brancusi. Utrillo lui aussi se présente propre et chic dans les habits neufs qu'il fait confectionner sur mesure chez un tailleur du boulevard Malesherbes depuis que ses tableaux se vendent.

Même Picasso est venu alors qu'il avait fini par se répandre en méchancetés, en mépris pour « l'œuvre figurative du Rital ». Il porte une chemise blanche repassée, une rose rouge glissée à la boutonnière. Il le jure : non, jamais il n'a repeint une nature morte par-dessus un portrait signé de son ami. C'est une histoire qu'on a racontée un soir d'ivresse et qu'on a répétée pour entretenir la légende d'une détestation. Jamais il n'aurait fait cela, et de toute façon, des natures mortes, il n'en peint plus depuis des lustres, depuis qu'avec Braque et Gris il décompose les corps et les objets. Doit-il encore se justifier, au soir du deuil ? Il a égaré ce portrait de Modigliani – un petit écolier habillé en bleu – entre deux déménagements. Ce sont des choses qui arrivent, et bien sûr, ce soir, il s'en veut.

C'eût été un beau souvenir de lui, et puis, inévitablement, sa cote va monter. C'est toujours comme ça : gueux vivant ; riche au paradis.

Les amis se sont passé le mot : le maestro est parti, le maestro nous a laissés, le maestro ne reviendra plus. Allons le saluer une dernière fois.

Hanka Zborowska et Lunia Czechowska arrivent en robe de soirée chamarrée, et même la femme au vison, celle du carnaval de 1917, si belle ce soir dans un pantalon d'homme en velours rouge vif, le mascara noir mêlé aux larmes qui strient ses joues.

Seule Lunia semble encore me remarquer. Elle me fait un petit signe de la main.

– Il ne t'a pas épousée, mais tu resteras sa dernière femme… Sa dernière femme à jamais.

Pour les autres, je suis invisible.

Soutine se tient hors de cette boucle de sanglots.

Dépenaillé, en clochard, pouilleux, visage défait.

Il boxe le mur d'enceinte de la Charité. Les mains en sang, il cogne et recogne et recogne.

– Sale *Schmock*.

Il prend son élan et frappe sa tête contre la pierre.

– Si je te retrouve, je te ferai bouffer du chameau cru. Je serai la dague qui t'achèvera.

Il s'effondre sur le trottoir.

– J'ai même plus le cœur à faire des rimes.

Il dégaine son pistolet, l'exhibe mollement.

– Que personne m'approche ! J'ai sommeil ! Je vais retrouver Modi dans mes cauchemars.

Il ferme les yeux, se redresse d'un bond.

– Je veux dix hommes. Dix hommes tout de suite pour le kaddish.

*

Papa est là.

Depuis que j'ai passé le porche, il n'a eu aucun geste pour moi, aucun regard, aucun mot de compassion.

Moi, j'attends qu'Amedeo vienne me chercher.

*

Un télégramme d'Emanuele est parvenu à Zborowski.

Couvrez-le de fleurs, pourvoyez à tout, rembourserons. Empressements.

Pas un mot pour moi, comme si je n'avais jamais existé.

*

Les amis mangent des sandwichs au pâté, des cornichons, ouvrent des bouteilles de vin.

Ils fument.

Ils veilleront tard, peut-être toute la nuit. Ils déblatèrent, se félicitent, C'est comme ça qu'on accompagne l'âme d'un grand homme jusqu'au ciel. Il a rejoint le Douanier Rousseau et Apollinaire. Il va s'en payer une belle tranche là-haut. Dieu l'attend avec une *pasta all'amatriciana* superbement pimentée et un bon litron de rouge qui pique, et *Lehaïm !* Viens par là, l'ami, il y a des filles.

Ils commencent à rire, à fredonner des rengaines paillardes.

Ah ! le bel oiseau, maman, / Qu'Alain a mis dans ma cage !...

Kiki improvise une danse du ventre, enchaîne avec une sévillane.

Olé !

On l'applaudit.

Je m'enhardis car jamais que je sache / Je n'ai baisé d'homme à moustache...

Soutine déverse ses souvenirs, Et quand on a cassé la gueule aux barbouilleurs de la Gaîté, et quand on a enlevé Hébuterne sur le boulevard Saint-Michel, et quand on vomissait sur le trottoir devant chez Rosalie... Elle gueulait tellement, la poissarde. Et nos virées dans les catacombes... Alcool à volonté, à la santé des têtes de mort.

Papa murmure dans sa barbe :

– Dans ton état, on reste pas debout, avec des gens pareils. On rentre à la maison et on se couche.

Je me laisse emmener rue Amyot.

Sur le trajet, aucune parole.

*

Rues noires et sales. Pas un chat.

Papa tient fermement mon bras comme s'il avait peur que je ne m'échappe une nouvelle fois, que je ne coure, ventre déployé, à toute berzingue. Mais pour aller où ?

Bientôt notre atelier, rue de la Grande-Chaumière, sera vidé. Léopold Zborowski enverra une malle remplie de souvenirs à Livourne. Voici les derniers dessins de votre fils, madame Garsin, et ses chemises, un foulard avec son odeur encore incrustée, ses pinceaux, quelques photographies. Nous avons couvert de fleurs son cercueil à la demande de son frère Emanuele. Il est parti en prince alors qu'il commençait à connaître la gloire.

Léopold rendra le bail ou proposera l'atelier à un autre de ses protégés.

Et moi ? Moi, j'irai où ?

Nous passons le seuil de notre appartement.

André est assis, dos à l'entrée, dans la salle à manger. Nuque rétractée, visage enfoui entre les mains. Il secoue la tête. J'aimerais qu'il se lève, qu'il dise, Jeannette, oublions toute cette histoire.

Mais il ne se retourne pas.

Je m'enferme dans notre chambre, retire mes bottines, mon manteau, ma robe. On étouffe ici. J'ouvre la fenêtre.

Leurs voix, derrière la cloison, me parviennent assourdies, et se mélangent, indistinctes.

Ils se sont assis autour de mon frère. Maman torture ses mains sous la table. Papa et André parlent, de quoi ? De qui ?

Elle accouche dans quelques jours, il faudra lui retirer ce bébé, elle n'est pas en mesure de s'occuper de ses enfants. Elle n'a pas son mot à dire, je ne ressens aucune miséricorde, juste de la colère et cette haine. Cette haine n'est pas le versant noir de mon amour, non. Ce n'est pas charitable. On va donner ce deuxième bébé à des sœurs, ça ne se discute pas. Il sera bien plus heureux comme ça, bien plus que cette pauvre petite Jeanne, trimballée entre leur bande de dingues et une nourrice, je ne sais où dans le Loiret. Il faudra d'ailleurs payer cette dame pour ses bons services, et voir ce qu'on fait de cette enfant. Peut-être qu'à Livourne, ils en voudront, eux. Il paraît qu'il a un frère. Il paraît que la mère est encore vivante.

Je m'allonge à même le plancher.

Et après, il faudra voir ce qu'on fait de notre Jeanne. On ne peut pas la garder ici, elle s'échapperait, elle recommencerait avec un autre homme, arrête de pleurer Eudoxie, regarde la vie de notre fille en face, une traînée, écoute un peu ce que disent les voisins, les déblatérations, et l'abbé Quaillet qui nous condamne. Nous avons été si gentils, si naïfs et voilà où nous en sommes. Son honneur, notre honneur, bafoués. Un séjour chez les Petites Sœurs de Marie lui fera du bien, un séjour de longue durée n'est-ce pas, elles lui remettront les idées en place et peut-être qu'enfin, elle entendra le Christ lui parler.

*

25 janvier 1920

Je me suis endormie quelques heures sur le parquet.

Corps lourd, épuisé.

L'hiver entre dans la chambre par la fenêtre grande ouverte.

Je m'approche. Je me penche.

Les flocons forment un tapis immaculé sur les pavés.

Mes phalanges raides agrippent la pierre granuleuse du parapet. Une pellicule de neige s'est déposée au fil de la nuit. Le tic-tac de l'horloge rythme le va-et-vient de mon corps au-dessus du vide.

Est-ce que je crierai ?

Il paraît qu'on crie.

Quatre heures du matin

Que raconteront-ils à la petite Jeanne ?

Une photo de moi, au même âge, trône dans un cadre en bois verni sur la table de nuit de mes parents. Joli bébé de quinze mois, potelé, souriant, une charlotte blanche en dentelle sur la tête.

Elle ne se souviendra de rien.

Que lui diront-ils ?

Quatre heures trente

Mon frère est venu se coucher.

Papa lui a demandé de me surveiller toute la nuit.

Mais il s'est endormi, respiration courte, lèvres entrouvertes.

– André ?

Il est allongé sur le dos. On pourrait croire qu'il me regarde. Mais ses yeux sont bien clos. Un léger frémissement parcourt sa moustache.

Dort-il vraiment ou fait-il semblant ?

Je l'ai appelé plusieurs fois cette nuit.

– André, André... Réponds-moi, André.

J'aurais tant voulu revenir à notre vie d'avant. À ces jours de notre enfance où il confectionne pour moi un bracelet de pâquerettes, où il me tend une main amie. Je suis montée sur la plus haute branche du figuier, et il me dit, N'aie pas peur, je suis là. Saute, je vais te rattraper. Allez ! Saute !

Je lui laisse une lettre, tous mes carnets.

Mes toiles sont restées rue de la Grande-Chaumière.

– Je m'en vais, *brother*.

*

André,

J'aurais aimé t'écrire « mon très cher » André, mon frère « tant aimé », « little brother *chou », mais je n'y parviens plus.*

Tu ignores mes appels. Tu ignores ma douleur. Tu es devenu insensible à ceux qui t'entourent depuis que tu es revenu des collines boisées de l'Argonne.

Tu trouveras ma lettre à ton réveil.

L'air froid du matin s'engouffrera dans notre chambre par la fenêtre grande ouverte. Peut-être entendras-tu, depuis les profondeurs de ta nuit, le claquement des volets contre le parapet.

Je ne serai plus là.

J'ai regroupé mes carnets à spirale, à côté de ta Bible, sur la table en bois brut qui sépare nos lits depuis l'enfance.

Tu étais sur le front depuis deux ans, tes permissions se faisaient de plus en plus rares, quand j'ai commencé à y consigner des événements et certaines émotions qui me traversaient alors.

Te permettront-ils de me comprendre ?

Tu m'as déjà jugée.

Récupère mes dessins et mes toiles dans l'atelier, rue de la Grande-Chaumière. Ils n'intéresseront personne d'autre que toi.

Enfin, je te fais cette demande : enterre-moi à côté de lui. Une sépulture toute simple, mais à côté de lui, je t'en supplie, que mon âme n'erre pas, seule, dans l'éternelle attente de retrouver la sienne.

Je m'en vais maintenant.

Jeanne

*

Je grimpe sur le parapet.

J'appelle Amedeo.

Rien, à part un silence épais, épais.

Personne n'entendra le cri rauque de celle qui tombe.

Je suis seule, seule, seule.
Dernier écho.

Je m'accroupis.
Mon cœur, mon sang, tout s'est gelé.
Mon corps ne me pèse plus.

Je ne suis plus que cette étrange cariatide coulée dans le plomb, ventre bombé, comme celles que voulait sculpter, dans ses jeunes années, Amedeo Modigliani, mon amour.

Épilogue

À l'aube du 25 janvier 1920, un ouvrier découvrit Jeanne Hébuterne gisante, sur les pavés de la cour du 8 *bis*, rue Amyot. Un halo écarlate consumait la neige autour de la tête de la jeune femme. Sa main droite reposait sur le ventre gonflé.

L'homme empoigna le corps brisé, et grimpa les cinq étages en courant.

Sur le palier, il ahanait et criait.

Le sang de Jeanne Hébuterne, enceinte de neuf mois, maculait sa blouse de travail. Il frappa plusieurs coups de pied au bas de la porte.

– Ouvrez !

Il entendait des voix, des bruits de pas et de tissus froissés. Mais personne ne lui répondait.

– Ouvrez !

Après plusieurs minutes, André se montra

dans l'embrasure. Ses yeux fixèrent le visage raviné de l'inconnu, puis le cadavre disloqué de sa sœur entre les mains calleuses. Il gardait les bras serrés sur ses flancs, un visage dur, ne laissant paraître aucune émotion. Seules ses lèvres pâles bougeaient et répétaient un souffle de prière :

Kyrie eleison, Christe eleison, Kyrie eleison, Kyrie eleison, Christe eleison, Kyrie eleison...

Derrière lui, l'ombre d'une vieille femme gémissait.

Puis, d'une voix d'outre-tombe, André énonça :

– Cette personne n'habite pas ici.

André commanda à l'ouvrier de ramener le corps « chez le petit juif », lui écrivit l'adresse sur un papier à en-tête de la mercerie « Achille Hébuterne ».

L'homme descendit les cinq étages, posa la dépouille sur sa charrette, traversa la rue d'Ulm au pas de charge, puis la rue Gay-Lussac. Il passa le Val-de-Grâce, le boulevard Saint-Michel, la statue du maréchal Ney. Il longea les terrains vagues de la rue Notre-Dame-des-Champs.

Alors qu'il ratait sa matinée de travail, qu'en conséquence, il ne recevrait pas l'intégralité de sa paie ce jour-là, il hésita pendant quelques secondes à balancer le corps derrière une palissade. Quelqu'un d'autre s'en chargerait. Mais il eut honte, et quand bien même il n'allait plus à la messe le dimanche matin, préférant boire et jouer au rami avec des collègues, il eut peur de la colère de Dieu. Alors il continua son chemin vers la rue de la Grande-Chaumière. Arrivé à l'adresse indiquée par André Hébuterne, l'ouvrier se vit refuser l'accès par la gardienne.

Il repartit avec sa charrette, et la morte. Il revint quelques heures plus tard, muni d'une autorisation formelle de la police. Il déposa le corps sur un tapis dans l'atelier et le recouvrit d'une couverture en laine.

Avant de s'en aller, il embrassa le front glacé. Puis il se signa.

Le 27 janvier 1920, Amedeo Modigliani fut enterré comme un prince au cimetière du Père-Lachaise. Une foule compacte accompagnait le char funèbre couvert de fleurs. Les policiers au garde-à-vous, Soutine, Cendrars, Picasso, Kisling, Vlaminck, Zborowski... Chacun, connu et inconnu, se pencha pour jeter une rose rouge dans la fosse.

Sur la sépulture en marbre de Carrare, ils lisaient :

Amedeo Modigliani
Pittore
Nato a Livorno il 12 luglio 1884
Morto a Parigi il 24 gennaio 1920
Morte lo colse

Quando
Giunse alla gloria[1]

Puis ses amis, les peintres, les marchands d'art, les modèles, ses anciennes maîtresses, burent à la santé de son âme, vin blanc, chartreuse, whisky, rhum.

Le lendemain, Jeanne fut enterrée à la va-vite au cimetière de Bagneux, sans fleurs ni couronnes.

Sur la stèle, nulle épitaphe.

C'était l'aube. Il faisait nuit noire.

Achille et Eudoxie Hébuterne se tenaient en retrait du caveau.

André ne récita aucune prière pour la défunte.

1. Peintre né à Livourne le 12 juillet 1884, mort à Paris le 24 janvier 1920. La mort le saisit alors qu'il parvenait à la gloire.

*Cet ouvrage a été composé
par Maury à Malesherbes
et achevé d'imprimer en France
par CPI Bussière
à Saint-Amand-Montrond (Cher)
pour le compte des Éditions Stock
21, rue du Montparnasse, 75006 Paris
en août 2017*

Imprimé en France

Dépôt légal : août 2017
N° d'édition : 01 – N° d'impression : 2031113
27-51-8899/3